전생자.
딸인 나는
엄마는 정령,
아빠는 영웅, 。

3

저자/**마츠우라**
일러스트/**keepout**

## 엘렌
주인공. 원소의 정령. 겉모습은 어린아이, 속은 어른(이라고 믿음!).

## 오리진
엘렌의 어머니. 정령의 여왕. 순수하고 발랄하며 훌륭한 몸매를 가진 절세 미인.

## 로벨
엘렌의 아버지. 전 영웅. 아내 오리진과 딸 엘렌을 무척 사랑한다.

## 반
바람의 정령. 빈트의 아들. 태어날 때부터 엘렌과 함께하고 있다.

## 사우벨 반크라이프트
로벨의 동생. 공작가 반크라이프트가의 당주. 기사단 단장.

## 라필리아 반크라이프트
사우벨과 아리아 사이에서 태어난 외동딸. 귀족 생활에 적응하지 못한다.

## 이자벨라 반크라이프트
로벨과 사우벨의 어머니. 엘렌은 「할머님」이라고 부른다.

## 로렌
반크라이프트가의 실력 좋은 집사. 엘렌은 「할아범」이라고 부른다.

## 알베르트
반크라이프트가의 호위. 기사. 원래는 로벨의 호위였다.

## 카이
알베르트의 아들. 엘렌의 호위로 임명된다.

## 라비스엘 랄 텐바르
텐바르 왕국의 속 시커먼 국왕. 로벨을 마음에 들어 한다.

## 가디엘 랄 텐바르
라비스엘의 아들(장남). 성실하고 언행이 부드럽다.

## 흄 베른드르
최연소로 궁정 치료사가 되었다. 정령 애슈트와 계약했다.

## 시엘 랄 텐바르
라비스엘의 딸(장녀). 정보 수집과 조작이 특기다.

## 아미엘
아기엘의 딸. 아기엘의 단죄 후 어머니와 떨어져 지내고 있다.

## 인물 소개
character

정령성에 있는 수경의 방에서 오리진은 더는 셀 수도 없을 만큼 한숨을 내쉬었다.

오리진은 어떤 인물을 떠올리며 수경에 손가락을 대고 마법을 썼다. 희미한 물소리와 함께 손가락이 닿은 부분에서 물결이 일어 퍼져나갔지만 아무리 기다려도 아무것도 비치지 않았다.

행방을 알 수 없게 된 지 벌써 수백 년이 되었던가? 때때로 생각나 수경을 들여다봤으나 단 한 번도 모습은 비치지 않았다.

"어디로 가버린 거야……?"

수경은 물결을 그린 채 일렁일렁 움직였다. 마치 이 세계에서 사라져버린 것만 같아서 슬펐다.

몇 번인가 언니 보르에게 물어봐도 웃으며 얼버무리기만 했다.


여신은 이 세계의 중추이며 매우 특수한 존재다. 부모 신에게서 세계의 관리라는 역할을 부여받아 보내진 후로 오리진은 언니 여신들과 함께 줄곧 세계를 관리해왔다.

영구한 시간을 사는 여신의 오락거리로서 변화가 격렬한 인간을 만들어내서 때때로 바라보는 나날.

여신은 힘이 지나치게 큰 탓에 자잘한 작업에 매우 서툴렀다. 그래서 힘을 적절하게 쓸 수 있도록 오리진은 제각각의 속성을 다루는 정령들을 만들어냈고, 그들에게 이 세계의 관리를 맡겨왔다.

그중에서도 이 세계에서 중요한 역할을 맡은 아이가 지난 수백 년 동안 행방불명 상태다.

"……또 언니에게 물어볼까?"

혼자 그렇게 중얼거렸지만 이번에도 얼버무리리라 생각하고 다시 한숨을 내쉬었다.

오리진의 언니인 쌍둥이 여신은 이 세계를 관리하며 유도하는 역할을 했다.

중요한 역할을 가진 아이가 행방불명이 되었다면 쌍둥이 여신이 가만히 있을 리 없다. 하지만 물어보아도 언니는 아무런 말도 해주지 않았다. 가르쳐주지 않는다는 것은 오히려 이 사건이 상당한 중요성을 감추고 있을 가능성이 크며, 오리진은 간섭해서는 안 된다는 뜻이기도 했다.

오리진은 마소(魔素)를 써서 다양한 생명을 『낳는다』고 하는 역할을 지고 있다. 그 힘은 최강이고 아주 조금의 힘이라 해도 부풀어 올라 커다란 힘이 되어버린다.

과거 몬스터 템페스트 당시 로벨이 오리진의 힘을 해방한 뒤 쓰러진 것도 오리진의 힘을 로벨이라는 매개체를 통해 썼을 때 로벨의 신체가 부하에 버티지 못했던 것이 원인이었다. 의도하지 않았다 해도 오리진이 관여하면 역사가 바뀌어버릴 만큼 뒤틀리고 만다.

정령 학살 때도 쌍둥이 여신은 역사가 바뀌어버리는 일이 일어날 것을 사전에 알고 있었으면서 오리진에게는 감추어두었다.

『이건 매우 중요해. 일어나야만 하는 일이 일어날 때. 손을 대서는 안 돼.』

그때 언니가 한 말을 떠올린 오리진의 한숨은 멈출 줄을 몰랐다. 자신이 만들어낸 아이의 모습이 보이지 않는다는 것도 부모로서 몹시 신경이 쓰였다.

'내가 아이들을 이런 식으로 생각하는 일은 없었는데……'

예전에는 이렇지 않았다. 신경이 쓰이게 되었다고 해도, 그것은 최근에 생긴 감정이었다.

영원한 시간을 사는 여신의 사고는 무언가가 결핍되고 정체되어 있다. 이것은 자신의 아이라고도 할 수 있는 정령 모두에게도 마찬가지였다.

모든 것의 어머니라 불리건만 오리진은 『가족』이라는 것을 몰랐다. 정령과 인간은 가족의 개념이 전혀 다르기도 하지만 그러한 『감정』 자체가 어딘가 부족했다.

엘렌은 정령과 인간의 피를 이었고 생전 인간으로서의 기억을 가졌다. 그렇기에 인간과 정령을 구분하는 일 없이 소중히 여긴다. 젊은 나이에 전생해서 가족을 소중히 여기고, 아이가 부모를 사랑하는 마음을 온몸으로 표현했다.

엘렌은 자식으로서 부모를 걱정하며 잃었던 과거가 있기에 그 인연을 무척이나 소중하게 여겼다. 그 마음은 부모가 보기에도 마음이 아주 따뜻해지는 애정이었다.

로벨의 가족을 향한 마음. 그것을 민감하게 느끼며 엘렌이 그 중간 역할에 나서는 모습을 지켜보던 오리진은 자신도 깨닫지 못하는 사이에 서서히 변해갔던 것이다.

수경을 통해 쌍둥이 여신에게 연락을 취하자 모든 것을 내다보는 보르가 말했다.

『그러네…… 이제 곧이려나? 조만간 편지가 올 거야.』

"……편지?"

정령계에 그런 습관은 없다. 고개를 갸웃거리는 오리진에게 보르는 웃으며 말했다.

『엘렌이 찾아줄 거야.』

"엘렌이……?"

바라던 대답인 듯하면서도 대답이 아니었다. 엘렌이 찾아준다는 말은 무슨 의미일까? 하면서 오리진은 생각에 잠겼다. 그러자 보르는 곧 알게 될 거라는 말만을 남기고 수경에서 모습을 감추었다. 이것은 아마 끼어들어서는 안 된다는 의미이리라.

"하아……."

신경이 쓰이지만 결국 사태는 달라지지 않았다. 오히려 엘렌이 무슨 일에 휘말리는 것은 아닐까 하는 불안만 늘어 오리진의 한숨은 그칠 줄을 몰랐다.

# 제10화 파란을 알리는 편지

라필리아의 유괴 사건이 있은 지 반년 정도가 지난 지금, 반크라이프트령은 누구나가 부러워하는 토지로 변해가고 있었다.

채굴된 광물의 판매와 약의 판매는 영지 내의 치료원 설립과 여러 비품, 약의 재료 구매, 치료사와 경비를 위한 기사를 고용하는 돈 등, 여러 곳에 쓰였다.

사람이 모여들면 모여들수록 주거 등의 시설이 필요하게 되었고 지금은 엘렌의 조언으로 『사택』을 채용하고 있었다. 직업을 구하기 위해 모여든 사람들의 고용에도 엘렌은 한몫을 했다.

원래 반크라이프트령은 이 나라의 군사 기지에 가까웠다. 왕도에서 가장 가까운 영지이며 대형 마차가 오가고 군마를 많이 사육하고 있어 가도는 어디보다도 넓게 정비되어 있었다.

엘렌의 영지 개혁에 따라 보리만이 아니라 새롭게 설탕의 원료가 되는 비트와 옥수수 밭을 늘리기도 했다. 그 부산물과 잎 등은 가축의 먹이에 최적이었고 영지에서는 특히 군마를 사육하고 있기도 해서 알뜰하게 쓸 수 있었다.

보리 종자를 덖은 보리차, 옥수수수염을 이용한 옥수수수염차 등도 엘렌은 몰래 만들었다. 이것들은 카페인이 없어 치료원에서도 마실 수 있기 때문이다.

정령들에게 부탁한 덕분에 반크라이프트령에서는 풍작이 계속되고 있어서 이러한 것들을 대량으로 사들이기도 쉬웠다. 이동도 쉽고 도로도 넓어서 노점을 내는 자들이 많이 늘었고 큰길은 언제나 사람들로 붐볐다.

끊임없이 몰려들던 환자들은 왕도에서도 약이 공급되기 시작한 덕분인지, 아니면 사람들의 병이 나은 결과인지 점점 줄어들었다.

그러나 병이 다 나은 후에도 반크라이프트령에서 나가려 하는 자는 적었다. 풍작으로 물류가 넘쳐나고 일손이 부족한 탓에 언제나 일이 많았다.

텐바르 왕국에서 몬스터 템페스트가 일어난 이후, 이토록 활기찬 모습은 본 적이 없었다. 설마 이러한 효과가 생겨나리라고는 아무도 예상하지 못했다.

환자가 늘고 약을 찾는 자들이 늘면서 치안 악화에 대한 우려도 이어졌지만, 라필리아 유괴 사건으로 사우벨이 평민 출신이기도 한 딸을 무척이나 귀하게 여긴다고 하는 소문이 퍼지면서 영지 사람들은 매우 협력적으로 변했다.

현재 바쁜 사람이 된 사우벨은 왕도와 영지를 정신없이 오가고 있었다.

다만 하나, 소문이 퍼진 탓에 모두가 알게 된 일이 있었다.

납치당한 반크라이프트가의 영애는 영주의 딸이고 신의 약을 나눠준 것은 영웅의 딸 쪽이라는 소문.

영지에서는 엘렌과 로벨과 사우벨이 함께 치료원으로 약을 운반

했었다. 엘렌은 사람들의 눈에 띄는 곳에 나서지는 않았지만 치료원에 와서 치료를 받은 자들 사이에서 점점 소문이 퍼져나갔던 것이다.

엘렌의 모습은 라필리아와 외향적 특징이 전혀 달랐다. 그러한 사실까지 더해져 소문은 점점 퍼져나갔다.

\*

"편지라고?"

사우벨과 이자벨라와 대치한 로벨은 미간을 모았다.

중요한 용건이 있다는 사우벨의 연락에 저택을 방문했더니 인사와 함께 편지를 건네받았다. 동석한 어머니의 존재를 신경 쓰며 편지를 읽은 로벨은 이게 뭐냐며 편지를 팔락팔락 흔들었다.

"형님, 죄송합니다. 어디서 엘렌에 관해 알아낸 모양인지……."

사우벨은 진심으로 난처해하며 머리를 감싸 쥐었다. 그는 판단을 구하고자 로벨에게 편지를 보여주었던 것이다.

편지에는 『텐바르 왕국 학원』이라고 쓰여 있었다. 사우벨의 딸인 라필리아는 이미 학원에 다녔다. 이 편지는 엘렌 앞으로 온 것이었다.

"이런 건 본인에게 묻는 편이 빠르겠지. 어이, 엘렌. 오리!"

로벨이 허공을 향해 외치자 다른 이들은 움찔하며 어깨를 떨었다.

"자, 잠깐 기다리렴. 로벨!!"

이자벨라의 제지를 무시하고 로벨은 시치미 뗀 얼굴을 했다. 다음 순간, 엘렌과 오리진이 「무슨 일이야?」라며 모습을 드러냈다. 그러한 상황에 자리에 있던 자들은 한숨을 내쉬지 않을 수 없었다.

그런 것에는 전혀 개의치 않고 로벨은 편지에 쓰여 있던 내용을 간단히 설명했다. 그 말을 들은 엘렌은 고개를 갸웃거렸다.

"……학원이요?"

"인간의 배움터지. 참고로 나도 이곳 출신이란다. 텐바르의 귀족은 전원 의무적으로 이 학원에 입학해야 하거든."

로벨의 설명에 엘렌은 딱히 흥미도 없다는 듯 흐응 하고 반응했다. 학교라, 하며 엘렌은 옛일을 떠올리고 그리운 기분에 잠겼다.

"저는 정령인데요?"

"그러니까."

로벨은 어이없다며 웃었다. 오리진은 로벨의 학생 시절을 떠올렸는지 둘이서 화기애애하게 추억 이야기를 나누었다.

하지만 다른 이들은 여전히 머리를 감싸 쥔 채였다. 대체 어찌된 일이냐며 엘렌은 고개를 갸우뚱했다.

"……엘렌, 미안하구나."

"뭐가요?"

"이 편지가 왔다는 건, 엘렌은 이 나라의 귀족 취급을 받고 있다는 뜻이야……."

"네? 그건……."

"발단은 내가 엘렌과 라필리아의 옷을 주문한 탓이란다."

그렇게 말하고 이자벨라는 미안하다며 풀이 죽었다.

손녀의 존재가 기쁜 나머지 이자벨라는 엘렌과 라필리아의 옷을 대량으로 사들였다.

그러나 두 사람은 체격이 전혀 달랐다. 반크라이프트가에는 체격이 다른 여자아이가 둘 있다고, 아무래도 거기에서 정보가 새어 나가고 만 모양이었다.

"일단, 바로 정정은 했어. 형님은 데릴사위로 갔고, 엘렌은 이 나라 사람이 아니라고. 하지만 어째서인지 믿어주질 않아……."

"흐음…… 이 나라의 영웅을 타국에 빼앗기고 싶지 않다는 심정일까요?"

현재 로벨은 사우벨과 함께 영지 일을 돕고 있다. 게다가 그 딸까지 확인되었다고 한다면, 로벨을 확보하기 위해 딸에게 집중하면 몇 년은 로벨을 이 나라에 묶어둘 수 있지 않을까 하고 생각했을 가능성이 컸다.

귀족이 다니는 배움터라면 능구렁이…… 아니, 텐바르 왕과도 밀접한 관계가 있을 터다. 즉, 로벨을 잡아두기 위해 엘렌을 이용하려 하는 속셈이다.

"결국은 아버지 탓이잖아요!"

"이런, 미안 미안."

엘렌이 통통 때리자 로벨은 아프다고 말하면서도 기뻐했다. 엘렌의 양팔을 막기 위해 꼭 끌어안고 뺨을 문질렀다.

"학원에는 거절하는 편지를 보냈는데…… 몇 번이고 몇 번이고 편지가 와서 솔직히 곤란하던 참이야."

사우벨의 한숨에 엘렌은 미안해졌다. 이 나라에서는 열두 살부터 성인이 되는 열여섯 살까지는 학원에 다니는 것이 통례라고 한다.

두 달 전에는 라필리아가 학원에 입학했다. 입학식이 지나면 포기하리라 여겼는데, 그래도 끈질기게 몇 번이고 편지를 보냈다고 한다.

"결국에는 귀족의 책무를 포기했다느니 하며 사자까지 보내겠다고 하고 있어……."

지나치게 과장된 것 아니냐며 엘렌은 눈을 깜빡였다. 귀족의 책무 포기라고 하면 나라에서 죄를 물을 수도 있을 정도의 일인데, 그렇게까지 엘렌에게 집착하는 이유를 알 수 없었다. 사우벨의 한숨이 멈출 줄을 몰랐다.

"흐음……."

학교. 생전의 학교생활은 분명 즐거웠다. 하지만 기억이 있는 이상, 엘렌은 이미 경험을 마친 일이다. 그렇기에 이제 와 새삼 같은 마음이 강했다.

친구를 만들고 인맥을 확보한다는 의미에서는, 귀족이라면 오히려 기꺼이 다니리라. 특히 올해 졸업하는 가디엘과 그 동생인 라스엘이 현재 학원에 다니고 있을 터다.

왕자와 직접 연줄을 갖고자 하는 자는 그야말로 기뻐할 테지만 엘렌으로서는 가장 얽히고 싶지 않은 상대였다.


일본에서 학원이란 사립을 중심으로 한 학교를 뜻하는 말로 쓰였다. 그러나 이 세계에서의 학원이란 계율에 따라 공동생활을 하는 수도원과 같은 구조였다.

그 관리 체제에는 조금 흥미가 있지만 이 세계에 관해서는 어느 정도 로벨에게 배운지라 달리 배울 것이 있을까 싶은 마음이 들었다.

"……제가 학원에 다니면, 반크라이프트가에 어떤 이득이 있나요?"

"없다."

"없단다."

"없습니다."

사우벨과 이자벨라, 옆에 대기하고 있던 로렌까지도 즉답했다.

"엘렌은 내가 다 가르쳐서 배울 게 없는데 말이지."

"다 배웠죠~."

로벨의 갑작스러운 말에 사우벨들은 눈을 크게 뜨며 놀랐다. 어째서 그런 얼굴을 하는가 싶어 엘렌은 어리둥절해졌다.

"내 딸은 신기할 만큼 잘 배우니까 재미있어서 그만……."

에헤헤 하고 웃는 로벨의 모습에 사우벨들은 말을 잇지 못했다.

"형님이 직접 엘렌을……?"

자세히 물어보니 로벨은 학원 학생들 중에서도 수재를 넘어 천재라고 불렸다고 한다. 그 천재에게 다 배웠다고. 이미 과거형으로 이야기하는 엘렌의 말. 엘렌은 이제 열두 살이었고 그것들은 귀족이라면 앞으로 배워갈 내용이었다.

이자벨라가 「엘렌이 똑똑한 이유를 알아버렸네……」라며 묘하게 납득했다.

엘렌은 생전의 기억이 있으니 그저 로벨에게 이 세계에 관한 설명을 들었다는 인상일 뿐이었다. 그러나 모두의 반응에 왠지 마음이 조금 불편해졌다.

"엘렌은 학원에서 배울 것들을 이미 다 알거든. 정령과 교신해서 계약을 맺는 행사도 있지만, 본인이 정령이기도 하고."

"이 영지 이외에는 이 이상 인간계와 연관될 마음도 없고요⋯⋯."

솔직히 로벨에게 배웠다고 해도 그것은 이 세계의 구성과 일반 상식에 지나지 않았다. 예의범절 등에 관해서는 정령이니 딱히 관계없다며 따로 배우지 않았다. 로벨에게 흥미진진하게 들은 것은 전략, 전술, 전법 정도일까?

게다가 엘렌은 궁금한 것은 독자적으로 알아보는 버릇이 있어서 배우지 않아도 어느 틈엔가 알고 있다고 하는 일은 일상다반사였다. 그렇기에 더더욱 엘렌에게 교육의 장이 필요하다고는 생각할 수 없었다.

로벨과 엘렌의 답은 이미 일치하고 있었다. 둘은 동시에 사우벨을 힐끔 보고 학원에서 보낸 사자를 잘 설득해줘! 라며 미소를 보냈다. 그 모습을 본 사우벨은 역시나 하고 한숨을 내쉬었다.

"학원에는 왕가의 사람들이 다니고 있고, 내 딸과 아기엘의 딸도 다니고 있으니까. 그런 곳에 엘렌을 접근시킬 수 없다는 건 알아. 하지만 이렇게까지 끈질기면 어떻게 해야 할지⋯⋯."

언급된 사람들은 엘렌이 얽히려 들지 않아도 어떤 문제가 생기리라 여겨지는 면면들이었다.

분명 엘렌은 라필리아와는 그다지 만나고 싶지 않았다. 아무래도 마음이 안 맞는다고밖에 말할 수 없었다. 이것 보라는 듯이 가슴이 크다고 자랑하기도 했다. 이제 이미 적이다. 그것 때문에 울고만 일도 있었던지라 거북한 마음이 싹텄는지도 몰랐다.

그들이 입학한 지 이미 두 달. 무슨 일이 벌어진다고 생각할 수밖에 없었고, 그 생각대로 이미 이런저런 일들을 저지르고 있는 모양이었다.

무언가 성가신 일을 떠올렸는지, 사우벨의 한숨이 무거워져 그 괴로움을 헤아릴 수 있었다.

그런 곳에 뛰어들다니 귀찮은 일에 스스로 목을 들이미는 꼴이나 마찬가지다. 다 함께 어찌 거절하면 좋을지 의견을 나누었다.

그러자 엘렌은 속 시커먼 능구렁이 씨를 움직일까요? 같은 무서운 말을 로벨 옆에서 중얼거렸다. 그런 짓을 했다간 왕가에 발목을 잡힐 거라고 사우벨과 이자벨라가 말렸지만, 로벨은 그런 실수는 안 한다며 로렌이 끓여준 차를 여유롭게 마셨다.


편지의 대응 문제를 두고 대화를 나누는 사이 오리진만이 혼자 대화에 끼지 않았다.

오리진은 그 편지의 의미가 이해되지 않아 여전히 태평하게 고개를 갸웃거릴 뿐이었지만, 그 시선은 『편지』에 못 박혀 있었다.

이런저런 거절 방법을 이야기하다가 사우벨이 머리를 감싸 쥐고 편지를 보며 「정말이지 짜증스러운 편지야」라고 툭 중얼거렸다. 그러자 순간 오리진의 분위기가 달라졌다.

"그래! 분명 이 일인 거구나?!"

"네……? 어머니 갑자기 왜 그러시나요?"

오리진은 기뻐하면서 자세를 바꾸고 엘렌을 보며 갑자기 이렇게 말했다.

"엘렌, 학원에 가줘!"

"네……?"

예상하지 못한 전개에 할 말을 잃은 주변 사람들을 개의치 않고 오리진은 기뻐하며 말을 이었다.

"그래. 지금 생각해보면 분명 거기는 이상했어."

"어머니, 죄송하지만…… 무슨 이야기인지 모르겠어요."

"저기 있지, 엘렌이라면 분명 찾아줄 거야."

"네……?"

고개를 갸우뚱하는 엘렌에게 오리진은 생긋 웃어 보였다.

"언니가 그렇게 말했어!"

"……쌍둥이 여신이 관련되어 계신 건가요?"

대체 무얼 찾으라는 것인가 싶어 엘렌은 혼란스러웠다. 그걸 물으려 하던 때에 분노로 가득한 로벨이 말을 잘랐다.

"오리, 안 돼."

"어머, 어째서?"

"엘렌을 학원에 보낼 수는 없어. 그곳에는 저주받은 왕가의 인간들이 있다고!"

"그건 필요 이상으로 접근하지만 않으면 되는 거잖아? 그렇지. 저기, 당신. 그걸 뭐라고 했었지? 타국의 왕자가 몇 개월 동안 학원에 다녔었잖아."

오리진이 로벨에게 무언가를 확인했다. 엘렌은 그 말이 무슨 뜻인지 이해했다.

"유학 같은 제도가 있는 건가요?"

"맞아, 그거야!"

단기간이라도 괜찮다고 오리진이 웃으며 말했다. 그와는 정반대로 로벨은 단번에 기분이 나빠졌다.

"엘렌은 학원에 보내지 않아!"

갑작스러운 이야기의 변화를 따라가지 못한 주변 사람들은 눈을 동그랗게 뜰 뿐이었다.

엘렌은 갑자기 학원에 가줬으면 좋겠다는 말을 꺼낸 오리진의 이야기를 이해하기 위해 열심히 생각했다. 그러나 그것을 방해하겠다는 듯이 로벨의 갑작스러운 고함이 방 안에 메아리쳤다.

"귀여운 딸을 남자 놈들 집단 앞에 내놓을 수 없어!!"

그러자 엘렌은 「아버지, 좀 잠자코 계셔주세요」라는 차가운 한마디로 로벨의 입을 다물게 만들었다. 풀이 죽은 로벨을 무시하고 상황을 정리하기 위해 엘렌은 오리진에게 몇 가지 질문을 했다.

"학원에 다닐지 말지 이전의 문제인 것 같네요. 어머니, 찾으라는 건 무얼 말인가요?"

싱글벙글한 얼굴로 오리진은 입을 다물었다. 어라? 싶어진 엘렌이 고개를 갸우뚱하자 오리진이 소곤소곤 엘렌에게 귓속말을 했다.

'여기서 말하면 아마도 로벨이 화낼 거야…….'

'네?!'

둘이서 소곤소곤 비밀 이야기를 나누자 로벨의 위압감이 심해졌고 오리진은 헛기침을 한 뒤 비밀 이야기를 멈추었다.

"어째서 지금까지 잊고 있었을까. 학원이라는 곳은 어딘가 이상했는데."

"이상하다고요……?"

"그래, 맞아. 내가 장기간 인간계에 있으면 내 힘에 촉발되어 주변에 영향이 생겨버리잖아?"

"네."

"그곳은 그게 유난히 심했어."

"그러고 보니……."

오리진의 설명에 무언가를 떠올렸는지 로벨이 당시를 되돌아보았다.

"오리를 부르면 바로 주변이 이상해졌지."

"거기에는 정령과 계약한 자도 적지 않았으니까, 당시에는 내 힘에 정령의 힘이 촉발되어 영향이 생긴 거려나 생각했었어."

"네에……."

"그래서 있지. 엘렌. 학원에 가서 찾아줬으면 해."

"그러니까 뭘 찾으라는 건데요?"

"……말할 수 없어!"

"그래서는 찾을 수 있을 리가 없잖아요!"

"하지만 언니가 엘렌이 찾아줄 거라고 했는걸!"

"네에? 찾아야 하는 무언가가 학원에 있다고 쌍둥이 여신이 말한 건가요?"

"말하지 않았지만 아마도 괜찮을 거야!"

"말하지 않은 건가요?! 저는 지금 엄~청나게 터무니없는 요구를 강요당하고 있는 것 같은데요! 아버지가 화내는 거라니 대체 뭔가요?!"

"안 돼~! 그걸 말하면 안 돼~!!"

"내가 화낼 거라고?! 나는 이미 화가 났어! 엘렌은 시집보내지 않을 거야!!"

"아버지의 이해할 수 없는 분노는 버려두세요. 이야기가 진행되지 않잖아요!"

"잠깐, 너무해!! 나는 이렇게 엘렌을 사랑하고 있는데, 엘렌에게는 전해지지 않는 것 같은 느낌이 들어!!"

좀처럼 수습이 되지 않는 사태에 사우벨들은 방치된 채 먼눈을 하고 있었다.

"저기~, 그러니까~, 학원에 있는 수상한 곳을 제가 찾는다, 그런 의미인가요?"

"……맞아!"

"대답하는 데 시간이 걸렸는데요. 어머니."

"기분 탓이라고 생각해!"

어머니가 솔직하지 않다는 걸, 엘렌은 바로 눈치챘다. 그러나 오리진에게 이 이상 자세한 이야기를 듣기 어려우리라는 것도 깨닫고 말았다.

학원에서 일어나는 이상한 현상. 그 정체를 알지 못하는데, 로벨이 화낼 거라고 단언했다. 이것은 모순된다.

'으응……?'

고개를 갸우뚱하며 엘렌은 생각했다.

이야기를 정리하자면 학원에서는 정령과 연관된 이상한 현상이 일어나고 있다. 아마도 그것은 오리진이 찾아주길 바라는 것과 관계가 있다…… 혹은, 그것이 원인일 가능성이 있다는 것밖에 알지 못했다. 조금 전 오리진이 대답하기까지 시간이 걸렸던 이유는 이상한 현상이 일어나는 것은 학원 내의 특정 장소가 아니라는 의미일 터였다.

'그렇다는 건…… 물건인가? 찾아주길 바라는 건 대체 뭘까?'

그러나 쌍둥이 여신이 엘렌이 찾는다고 말한 이상, 엘렌은 분명 무언가를 찾아내고 말 것이다. 모든 것을 꿰뚫어 보는 보르가 그렇게 말했다면 틀림없다. 그렇다면 쌍둥이 여신은 엘렌이 학원에 가게 되리라는 것도 알고 있었다는 뜻이다.

어떠한 문제가 일어나리라는 사실을 아는 곳에 신나서 가겠다고 하는 사람은 없을 터다.

그러나 학원은 오리진의 힘이 증폭되는 이상한 곳이라고 한다. 그렇다는 것은, 십중팔구 정령이 얽혀 있다는 의미이다. 이 일을 해결하지 않으면 앞으로 정령에게 무슨 일이 일어날지 알 수 없다. 아니, 이미 일어났다. 서두를 필요가 있을지도 모른다.

'가고 싶지 않지만……'

방치한 문제로 정령에게 무슨 일이 생기기라도 한다면 엘렌은 몹시 후회할 것이다.

어딘가 포기한 얼굴을 한 엘렌의 모습에 사우벨은 엘렌의 마음을 눈치챈 모양이었다. 큰일이겠구나…… 하고 중얼거리며 위로하듯이 어깨를 두드렸다.

내키지 않아 하는 엘렌을 생각해 오리진은 그렇지 하고 손뼉을 쳤다. 오리진은 로벨이 학원에 다니는 동안 수경 너머이기는 했지만 줄곧 그 모습을 지켜보고 있었다. 그때의 일이 무척이나 즐거웠던 모양이었다.

"보고 있으면 즐거웠어~. 엘렌도 다니면 분명 재미있을 거야~~!"

게다가 정령은 수명이 길다. 인간 사회에 조금 흥미를 가져도 괜찮지 않겠느냐고 했다.

하지만 그것은 방관하는 위치였기에 즐거웠던 것 아니냐며 엘렌은 뚱한 눈을 했다.

엘렌이 학원에 간다고 해서 무슨 이득이 있을까? 인간 친구가 생긴다는 정도에서 끝일 터다. 엘렌과 로벨은 쓸데없는 일을 싫어하는 경향이 있었고, 모든 일을 천칭에 올려 판단하는 일도 많았다. 그래서인지 두 사람은 「없을걸~」이라며 미간에 주름을 잡았다.

애초에 왕족과 그다지 얽히지 말라고 했던 그 입으로 무슨 말을 하는 것이냐며 엘렌은 어이없어했다.

"하지만 엘렌은 한 번 흥미가 생기면 주변이 보이지 않게 되잖아? 인간계에 흥미를 느끼고 어느샌가 사라져버리는 것보다, 학원에서 조금 체험해보는 편이 안심인걸~."

'실례잖아. 그런 일은 안…… 아니, 아마도 안 할…… 거라고 생각해. 아마도.'

연구자 기질인 엘렌은 한 번 흥미를 느끼면 주변의 목소리가 들리지 않게 된다고 하는 자각이 있었던지라 강하게 주장할 수 없었다.

게다가 오리진은 동요하는 엘렌과 기분 나쁜 오라를 두른 로벨을 전혀 개의치 않고, 생글생글한 얼굴로 결정적인 한마디를 했다.

"엘렌, 엘렌."

"네? 왜요?"

"그 학원은 있지, 속 시커먼 능구렁이분들의 성과는 또 다른 느낌의 굉장히 넓은 성이야. 주변은 숲으로 둘러싸여 있고, 남자들은 귀족의 사냥이라는 걸 그곳에서 배운단다. 게다가 성 밖에는 호수도 있는데, 그 수면에 비친 숲에 둘러싸인 성은 아주 절경이지~~."

"……앗?!"

엘렌은 성이라는 건축물을 아주 좋아했다.

"단기 유학으로!!"

갑자기 흥미를 보이며, 사회 공부를 하겠다고 주장하는 엘렌의 목소리에 로벨의 「오~리~~~!!」라는 낮은 목소리가 덧씌워졌다.

엘렌은 「성! 성!」 하고 기운차게 연호했다. 그 모습을 본 이자벨라가 「엘렌, 성을 좋아하니?」라며 눈을 동그랗게 떴다.

"좋아해요!! 탐험! 탐험!"

엘렌의 말에 로벨이 한숨을 흘렸다. 그리고 성에 대한 엘렌의 탐구심은 말이지……라며 말끝을 흐렸다.

"엘렌은 성을 보면, 그 구조를 확인하지 않고는 못 배겨. 그래서 잊혔던 비밀의 방 같은 걸 아무렇지 않게 찾아내곤 해."

오리진의 말을 들은 사우벨들이 놀랐다. 로렌은 「성의 구조를 이해하는 겁니까?」하며 관심을 보였다.

"성은 재미있어요! 밖에서 보는 외관과 안의 구조에 어째선지 명백한 차이가 상당히 높은 확률로 있거든요. 평범한 공간인가 했는데, 알고 보니 대부분 비밀 통로거나 비밀의 방이거나 해서 즐거워요!"

일본에도 닌자의 집 같은 게 있다. 기본은 습기 대책으로 만들어진 공기 순환 통로거나 하지만, 이름 있는 그러한 큰 저택에는 어떤 이유에서인지 취향에 공을 들인 장치가 숨겨져 있기도 했다.

사실 텐바르 왕성의 비밀 장소도 찾고 싶었는데 저주에 접근하고 싶지 않아 참았다.

게다가 눈앞에서 비밀스러운 일이 벌어지는 걸 목격하면 밝혀내고 싶지 않은가요? 하고 동의를 구하자 모두 쓴웃음을 짓고 말았다.

"그래서 엘렌 몰래 무얼 하려고 해도 바로 들키는 거구나……."

로벨의 말에 엘렌은 고개를 갸우뚱했다. 누가 몰래 무얼 하다 자신에게 들킨 일이 있었던가? 싶었는데, 「알베르트」라는 말을 듣고 기억해냈다. 그러고 보니 그런 일도 있었다.

"엘렌은 태어나면서부터 내 성에 흥미진진해했고, 두 살 무렵부터는 매일 대모험을 해서 큰일이었지."

오리진은 우후후 하고 밝게 웃었지만 로벨은 당시의 소동을 떠올렸는지 진절머리를 내고 있었다.

"두 살에 성 탐색이라는 말을 꺼내더니, 어느 틈엔가 사라졌다니까? 그때의 공포는 잊을 수가 없어⋯⋯."

엘렌은 그때는 정말 죄송했다며 그만 고개를 숙였다.

이 세계에서 갓 태어난 엘렌은 꿈결에 빠진 듯한 상태였다. 모든 것이 안개에 휩싸여 있는 듯한 느낌이라고 할까? 막 태어났을 때는 생전이 어쩌니 하는 감각이 전혀 없었다.

시야도 흐릿했고 품에 안겼을 때야 비로소 눈앞에 부모가 있다는 사실을 어렴풋이 아는 정도였다.

대학의 심리학 수업 중에 아기는 시야에 들어온 인간에게 도움을 받는 것 외에는 몸을 지킬 수단이 없기 때문에 눈앞의 인물에게 본능적으로 웃어 보인다고 들었을 때는 정말 놀랐었다. 하지만 한번 체험해보니 그 말은 거의 사실이었다.

그 후로 시간이 흐를수록 조금씩 눈이 보이게 되었고 서서 걸을 수 있게 된 후로는 주변을 확인해보지 않을 수 없었다. 그때 세계가 다르다고 깨달았다. 그도 그럴 것이, 성이었다. 엘렌은 성에 살고 있었다. 게다가 주변 사람들은 공중에 둥실둥실 떠 있었다.

자신이 죽어 전생했다는 사실보다도 갑작스럽게 눈앞에 펼쳐진 수수께끼를 밝히는 데 흥미를 느끼지 않을 수 없었다.

밤, 잠들 무렵에 문득 생전을 떠올리며 울음을 터뜨리는 일이 종

종 있었다. 그럴 때면 로벨과 오리진이 줄곧 곁에 있어주고 엘렌을
꼭 끌어안고서 함께 자주었다.

슬픈 기억이 따뜻한 새로운 기억으로 덧씌워질수록 엘렌은 점점
이 세계에 순응해갔다.

그런 얼마 안 된 옛일을 떠올리고 있는데 로벨이 갑자기 침울해
졌다.

"성에 걸어둔 마법은 풀어버리지, 잊혔던 방은 발견해내지, 어디
로 침입한 건지 보물 창고에 들어가 버리지…… 그러다 결국엔 언
제나 미아가 돼서, 언제까지고 돌아오지를 않는다니까? 내가 찾으
면 엘렌은 도망치고……."

당시에 저질렀던 일들을 줄줄 열거 당하자 엘렌은 조금 거북해졌다.

"로벨에게 안기는 게 싫어서 도망치기 위해 전이를 배웠을 때는
정말 웃겼지~."

"으아아아아아……!"

오리진의 폭로에 로벨이 대미지를 받았다. 그때의 일은 로벨에게
상당한 충격이었던가 보다.

그 말을 듣고서 이자벨라는 창백해진 얼굴로 어머나 어머나 하고
목소리를 높였다.

생각해보면 상당히 무서운 일이다. 눈을 뗀 틈에 두 살배기 딸이
행방불명. 부모의 걱정을 무시한 채 좋아하는 탐험을 방해받기 싫
어서 몸을 숨기기 위해 다양한 시행착오를 거쳐 마법을 배우고는
시험하고, 갑자기 모르는 곳으로 전이해버리거나 하기도 했었다.

그러한 폭로를 들은 사우벨들은 로벨을 동정했다. 평소 엘렌의 뭐든 지나친 경향은 두 살 무렵부터 시작되었던 것이냐며 사우벨이 조용히 중얼거리기까지 했다.

무어라 입을 열기 어려운 분위기가 되어버리는 바람에 엘렌은 상당히 견디기 힘들어지고 말았다.

"하지만 엘렌 덕분에 알게 된 것도 아주 많은걸. 그 수완을 살리기에 딱 좋잖아? 게다가 그 편지를 보내는 사람, 끈질기다며? 조금 이야기해주면 좋지 않을까?"

느긋하게 말하는 오리진에게 로벨은 하지만 학원은……이라며 시종 반대했다.

"그렇지. 체험 입학이라는 건 불가능한가요?"

엘렌의 제안에 모두가 그게 무어냐며 고개를 갸웃거렸다.

"학원에서 받는 수업을 체험해보고서 정하겠다고, 그렇게 제안해보면 어떨까요?"

"어머, 그런 방법이 있었구나."

엘렌의 제안에 이자벨라가 납득하며 말했다.

"나는 단 하루라도 학원에 엘렌을 주고 싶지 않아!!"

반대라고 외치는 로벨과 정반대 위치에 있던 엘렌은 곧바로 설득을 시작했다.

"체험 입학이라는 건 부모도 그 대상이에요. 이 학원에 아이를 보내도 좋을지, 최종적으로는 부모가 결정하니까요. 아이와 함께 수업 설명을 들을 수 있죠."

엘렌의 말에 로벨의 눈이 커졌다.

"……나랑 엘렌이 학원에?"

"맞아요. 그걸 받아들여 주지 않는다면, 어머니의 땅으로 돌아간다고 저쪽에 편지를 보내면 되지 않을까요? 상대는 저를 어떻게든 입학시키고 싶은 모양이니 이 조건은 받아들일 거예요."

"그렇지! 엘렌, 더 말해줘!!"

엘렌의 지원 사격에 의기양양해진 오리진이 주먹을 휘둘렀다. 참으로 분위기를 잘 탄다며 뚱한 눈으로 보게 되고 말았지만 어쩔 수 없는 일인지라 그저 한숨을 내쉬었다.

"아버지, 어머니가 이렇게나 저를 학원에 보내고 싶어 하는 건, 아마도 정령이 얽혀 있기 때문일 거예요. 게다가 쌍둥이 여신이 『제가 찾아낸다』고도 말했다는 모양이잖아요. 그렇다는 건, 언젠가 학원에 가게 된다는 사실은 달라지지 않을 거라고 봐요."

"맞아. 지금이라면 당신도 알고 있지 않을까?"

오리진이 함께 가보는 게 어때? 하고 로벨도 학원에 가는 안에 찬성했다. 여기에 이르러 겨우 오리진이 어떻게든 학원을 조사해주길 바라고 있다는 사실을 로벨도 눈치챘다.

"……정령이 얽힌 일이라면 거절할 수 없잖아."

로벨이 떨떠름하게 뜻을 굽히자 엘렌과 오리진은 기뻐하며 손뼉을 마주쳤다.

그 모습을 지켜보던 로벨이 다시 한숨을 내쉬며 말했다.

"아내와 딸이 손을 잡으면 이길 수 없다니까……."

그러자 사우벨이 「형님…… 이해합니다」라며 동정했다. 아무래도 사우벨도 자주 구슬려지는 모양이다.

"어머니, 학원의 규모는 어느 정도인가요?!"

"우리 집의 절반…… 정도려나?"

"꽤 크네요!!"

"맞아. 조사한다고 해도 며칠은 걸릴걸?"

"아버지와 함께 며칠 동안 머물면서 체험하고 싶다고 전하면 될 거예요. 학원은 기숙사제죠? 거절한다고 해도 그 수수께끼를 알게 되면 교섭에 쓸 수 있을 테고요!"

"교섭? ……엘렌이 또 뭔가를 꾸미고 있어."

"아버지, 그 의심의 눈초리는 그만둬 주세요. 억울해요!"

흥흥 하고 화를 내자 미안하다고 사과는 했지만 로벨은 분명 무슨 일을 저지를 것이 분명하다고 확신하는 눈초리를 하고 있었다.

"……정말로 갈 거니?"

사우벨이 걱정하며 말을 걸어왔다. 그 말에 생긋 웃으며 엘렌은 단호하게 말했다.

"잠시 체험 입학 겸 관광을 하고 오겠습니다!!"

"엘렌, 마음의 소리가 그대로 흘러나오고 있어."

어처구니없어하는 로벨의 목소리가 위에서 들려왔지만 그런 것은 어찌 되든 상관없다는 듯이 엘렌은 성을 탐색할 수 있다며 눈을 빛냈다.

"그렇다는 건, 준비를 해야겠구나."

이야기가 정리되자마자 이자벨라가 기뻐하며 착 부채를 접었다.

"……준비?"

뭘? 하고 엘렌이 고개를 갸웃거리자 이자벨라는 싱긋 웃었다.

\*

그날로부터 2주 정도가 흘렀다. 이자벨라가 말했던 『준비』가 끝났다는 소식을 들은 로벨들은 다시 반크라이프트가를 찾았다.

"다 됐단다~! 엘렌, 얼른 옷을 갈아입으렴!"

"네……."

그날은 그 대화 후로 정신없이 온몸의 치수 재기가 시작되었고 재봉사가 중얼거린 「지난번과 거의 똑같네요」라는 말에 엘렌은 쇼크를 받았다.

'나, 성장하지 않은 거야……?!'

자신도 모르게 제 가슴을 내려다보고 말았다. 키가 아니라 가슴을 무심코 확인하고 마는 조건 반사가 스스로도 무서웠다.

키도 크지 않았다는 사실을 깨닫고 배로 충격을 받고 메이드들에게 도움을 받아가며 건네받은 옷을 입었다.

그리고 옷을 다 갈아입은 뒤 모두가 있는 곳으로 돌아오자 이자벨라가 활짝 웃으며 기뻐했다.

"엘렌! 잘 어울리는구나~!"

단기라고는 하나 학원에 드레스 차림으로 갈 수는 없는 일이라며 이자벨라는 교복을 준비해주었다.

"그, 그런가요……?"

상의는 블레이저에 가까웠다. 하의는 조금 짧은 플리츠스커트였다. 활동성을 중시하고 있는지 매우 가벼웠다.

쑥스러워하며 빙글 돌았더니 스커트가 가볍게 살랑 흩날렸다.

"엘렌은 뭘 입어도 어울리는구나~."

좋아서 어쩔 줄을 모르겠다는 표정을 한 이자벨라 옆에서 로벨도 멋진 숙녀라며 무조건 칭찬했다.

익숙한 드레스가 아니라, 오래전 친숙했던 교복을 입는 날이 오리라고는 생각지도 못했던 엘렌은 입학하기로 정한 것도 아니건만 들뜨기 시작했다. 그리운 듯한 신기한 기분과 이 나이 먹어서……라는, 정신적인 부분도 섞여서 복잡한 심경이었다.

'확실히, 조사를 하기에도 드레스는 움직이기 힘드니까…….'

그렇게 자신에게 변명을 하고 다시 기뻐하다가 함께 왔던 오리진의 모습이 보이지 않는다는 사실을 눈치챘다.

"어라? 어머니는요?"

엘렌이 두리번거리며 찾는 모습에 로벨도 그 사실을 눈치챈 모양인지, 그러고 보니……라며 주변을 둘러보았다.

"아~ 그게 있지, 오리진 씨도 말이야……."

이자벨라가 뭔가 우물쭈물하면서 얼굴을 붉혔고 엘렌들은 어리둥절해했다.

"나 어때~~?!"

오리진이 전이로 갑자기 나타났다. 그리고 『그것』을 본 모두가 놀란 나머지 뿜고 말았다.

"오, 오리?!"

가장 동요한 것은 로벨이리라. 글쎄, 오리진은 이자벨라에게 엘렌과 같은 교복을 준비해달라고 부탁했다고 한다.

"엘렌과 커플룩이야~!"

"또 새로운 말을 배웠어!"

엘렌의 태클에 후후후 하고 웃은 오리진은 정말이지 기쁜 듯 빙글빙글 허공에서 춤추었다. 엘렌과 같은 교복을 입고 있지만 가슴 라인은 풍만하여 당장에라도 터질 것만 같았다.

분명 치수를 재서 준비한 옷일 터인데, 어째서 완성된 교복의 가슴 부분이 터질 듯한 것인지 엘렌은 생각에 잠겼다.

'풀어냈어!'

엘렌은 성장하지 않았건만 현재 진행형으로 오리진이 성장을 했다고 하는 결론에 다다른 엘렌은 부루퉁~ 하게 뺨을 부풀렸다.

언제나 시스루에 몸이 거의 다 드러난 드레스를 입고 있던 오리진이 빈틈없이 제복을 갖춰 입고 있었다. 익숙해진다는 것은 무시무시한 일이라 어쩐지 위화감이 어마어마했다.

"크윽…… 언제나 보이던 게 보이지 않는다니……!"

무언가 고민하는 표정으로 괴로워하던 로벨은 나직하게 「벗기고 싶어……!!」 같은 말을 중얼거렸고, 옆에서 그 말을 들은 사우벨은 얼굴을 붉히며 「형님, 부탁이니 여기서는 그러지 말아주십시오!」라고 무언가를 말리고 있었다.

그 모습을 보고 있던 엘렌은 차가운 눈초리를 하고 말했다.

"아버지는 변함없이 음흉하네요."

"크허어어어어억!!"

말의 창에 푹 찔린 로벨은 빈사 상태가 되었다. 그 모습을 보며 오리진은 후후후 웃더니 짝짝 손뼉을 쳤다.

"어라?"

그러자 메이드들이 로벨들을 빙 둘러쌌다. 거기에는 이자벨라와 사우벨과 로렌까지 포함되었고, 우왕좌왕하는 사이에 네 사람은 별실로 끌려가고 말았다.

"어머니…… 설마."

"우후후후후! 커플이란 거 재미있어!"

오리진의 장난이 성공한 순간이었다.


엘렌과 오리진이 커플이야~! 하며 손을 마주 잡고 춤을 추는 모습은 흐뭇한 광경이었다. 별실에서 모두 괴로워하는 목소리가 들려온 것 같았지만 기분 탓이라.

"이 나이가 돼서 부끄럽구나……."

"크윽……."

"홋홋홋."

부끄러워하면서도 제대로 입어준 모두를 본 엘렌은 마음이 포근해졌다. 그때 로벨이 뒤늦게 모습을 드러냈다.

"미안해. 한 번은 모두와 함께 같은 옷을 입어보고 싶었어."

그야말로 행복하다는 듯이 웃는 오리진을 로벨은 어쩔 수 없다며 끌어안았다.

"형님은 예전 그대로군요……."

"성장이 멈췄으니까 당연할 테지. 그보다 그 차림으로 밖에 나가는 건 그만둬라."

"안 나갑니다!!"

주위의 메이드들은 이 사태에 필사적으로 웃음을 참고 있었다. 오리진이 몰래 모두와 같은 옷을 입어보고 싶다고 말하자 메이드들이 재미있어하며 계획을 받아들여 준 모양이었다.

"부끄럽지만 어쩐지 다시 젊어진 것 같구나."

"그러게나 말입니다."

"으으……."

어느 정도 익숙해졌는지 이자벨라와 로렌은 태연하게 즐기고 있었지만 사우벨만은 부끄러워하며 얼굴을 붉힌 채였다.

엘렌이 교복 차림을 한 로벨을 빤히 바라보자 그 시선을 눈치챈 로벨이 어떠냐고 묻는 눈빛으로 척 포즈를 취했다.

엘렌이 반응해줄 때까지 그 자세 그대로 기다리는 로벨. 언제까지 그 자세를 유지할 수 있을지 뜨뜻미지근하게 지켜보면서 엘렌은 꽃미남은 뭘 입어도 어울리는구나 하고 중얼거렸다. 그리고 이건 부모와 자식이라기보다……라며 생각을 거듭했다.

그래! 하고 엘렌은 무언가를 떠올렸고 퍼뜩 로벨을 올려다보면서 말했다.

"선배님이야!"

"헉?!"

같은 교복을 입은 자그마한 후배가 올려다보고 있는 상황이라는 사실을 로벨도 깨달았고, 무심코 양손으로 얼굴을 가리며 몸을 뒤틀고 하늘을 올려다보았다.

"내 딸이 너무 귀여워⋯⋯."

로벨은 귀여워 귀여워하며 엘렌에게 뺨을 비비지 않을 수 없었다.

"엘렌~ 나한테도 선배님이라고 해줘~!"

오리진이 로벨을 보고 흉내 내자 엘렌은 고개를 갸우뚱했다.

"어머니는 어느 쪽인가 하면⋯⋯ 언니야⋯⋯일까요?"

"어, 언니야⋯⋯?!"

여동생이라는 존재를 모르는 오리진에게는 충격적이었는지, 뺨을 물들이며 기뻐했다.

"엘렌! 다시 한 번 말해줘!"

"⋯⋯언니야."

"세상에~! 다시 한 번!"

"언니."

"어라? 억양이 달라진 것 같은데?!"

"기분 탓이에요."

정말이지 이 부모는 하는 짓이 너무 닮았다. 엘렌은 어이없어했지만 이자벨라들은 그 모습을 지켜보며 즐겁게 차를 마셨다.

"엘렌을 꾸며놓고 기뻐했더니, 설마 우리까지 입게 될 줄은 몰랐어."

이자벨라의 말에 로렌이 정말 그렇다며 웃었다.

"저까지 함께하게 해주시다니 영광입니다."

후후후 하고 웃은 이자벨라도, 부끄러운 기색이던 사우벨도, 예전에 입었던 적이 있던 만큼 교복이 익숙해 보였다.

어설픈 풋풋함이 있는 것은 엘렌과 오리진뿐이었지만 그중에서도 역시 엘렌의 귀여움은 발군이었다.

"엘렌이 입으니 정말로 귀엽구나."

이자벨라의 말을 로벨이 긍정했다.

"원래부터 귀여우니 어쩔 수 없죠."

"그렇지!"

모두의 시선을 모으고 있는 중에도 당사자는 그 사실을 전혀 깨닫지 못한 채 서둘러 메이드가 준비한 커다란 거울 앞에서 자신의 교복 차림을 확인했다.

'교복이다~!'

거울 앞에서 빙글빙글 돌며 거울에 비친 자신을 푹 빠져 보고 있는 엘렌의 모습에, 모두는 정말이지 귀엽다는 표정을 짓고 흐뭇하게 바라보았다.

그러던 도중에 거울 너머로 모두가 따뜻한 눈빛으로 자신을 바라보고 있다는 사실을 눈치챈 엘렌은 부끄러워졌는지, 옆에 대기하고 있던 메이드의 등 뒤로 슬쩍 숨어버렸다.

그러자 로벨이 엘렌을 빼내려 했고 이번에는 술래잡기로 발전했다.

로벨과 오리진이 엘렌을 뒤쫓았는데 교복은 움직이기 불편하다는 사실을 깨달은 오리진이 곤란하다는 표정을 지었다.

"인간계의 옷은 재미있지만 답답해."

"어머니가 평소 입는 옷은 너무 팔랑팔랑해요……."

엘렌이 그렇게 말한 순간, 오리진이 가슴께가 활짝 벌어졌다. 이 전개에 주변 모두가 딱딱하게 굳어졌다.

사우벨과 로렌은 튀어 오르듯이 냉큼 등을 돌리고서 아무것도 모른다는 태도로 일관했다.

사우벨은 귀까지 빨개져 손으로 얼굴을 가리고 있었다. 역시 두 사람 다 신사다.

"벗겨졌어……!"

처음에 벗기고 싶다고 말했던 로벨의 바람이 이뤄지자 이자벨라가 무심코 웃고 말았다. 그때 엘렌은 다른 생각을 하고 있었다.

'이게 바로 소문의 럭키 변태……!!'

눈을 크게 부릅뜬 엘렌이 역시 세계의 여왕은 달라……라며 칭찬했다는 사실은 그 누구도 알지 못했다.

# 제11화 텐바르 왕국 학원

그날, 학원에서는 반크라이프트가에서 전달된 편지를 손에 든 남자들이 허둥대고 있었다.

"체험 입학이 대체 뭐지?!"

"편지에 따르면 딸에게 며칠간 학원에서 수업을 받아보게 하고 싶다는군요⋯⋯. 그래서 입학할 만한지 확인하고 싶다고 쓰여 있습니다."

안경을 낀 마르고 키가 크고 음침한 얼굴을 한 남자는 꾸벅꾸벅 고개를 숙이며 보고했다.

한편 또 한 명의 남자는 상당한 비만 체형에 키가 작았고, 입고 있는 로브 자락을 질질 끌다 때때로 넘어졌다.

뚱뚱한 쪽은 이 학원의 학원장이었고 마른 쪽은 교감에 해당하는 위치였다.

"영웅의 딸이 그 약을 만드는 게 맞을 테지? 지금 학원에 있는 쪽은 영웅의 동생의 딸이라지 않던가?"

"그 약을 구하고 싶어도 왕가는 약을 전혀 넘겨주지 않으니 말입니다⋯⋯. 체험 입학이라는 걸 인정하면 딸은 학원에 오겠다고 하지 않습니까? 이건 이제 손에 들어온 것이나 다름없습니다!!"

두 사람은 으하하 하고 웃었다.

왕가에 학원에서 연구용으로 쓸 약을 달라고 부탁했지만 치료와 궁정에서의 연구를 위해 써야 하는지라 넘겨줄 수 없다며 거절당했다. 왕가는 반크라이프트가에 적지 않은 약의 대가를 지불하고 있다고 한다.

물론 반크라이프트가에도 편지를 보냈지만 반크라이프트령 밖으로 내보내는 약은 왕가가 관리한다며 거절당했다.

"그 약을 갖고 싶어서 여러 나라가 관심을 보이고 있지. 그걸 만들 수 있게 되면, 틀림없이 돈이 될 거야!!"

"딸을 잘 구슬리면 됩니다. 아직 열두 살이라지 않습니까!"

타국적이라면 유학이라는 방법도 있다. 두 사람은 어떻게 해서든 영웅의 딸을 학원에 입학시키겠다며 계획을 짰다.

그러나 나중에 다시 확인한 편지에는 아버지인 로벨도 딸과 함께 체험한다는 것이 조건이라고 쓰여 있었고, 두 사람은 영웅이 학원에 온다며 크게 당황했다.

\*

그날, 학원에는 긴장한 분위기가 주변에 가득했다. 교사들은 평소와 달리 날카로운 분위기를 띠고 있었다.

무슨 일이냐며 학생들이 소곤소곤 대화를 나누었다.

"무슨 높은 사람이 시찰하러 온다던데?"

"뭐? 그런 얘기는 어디서 들었어?"

"선생님들이 얘기하는 걸 몰래 훔쳐 들었지. 누가 오는 걸까?"

"하지만 그렇다고 해도 이렇게 단번에 알 수 있을 만큼 선생님들이 긴장할까?"

서로 고개를 갸웃해 보이던 때, 복도를 급하게 달려오는 소리가 들렸다.

"애들아! 엄청난 소식을 들었어!!"

교실 문을 벌컥 호쾌하게 열어젖히며 남자가 뛰어 들어왔다. 그 모습에 무슨 일이냐며 교실 안의 시선이 모여들었다.

"영웅 로벨이 온대!!"

한순간 교실은 고요해졌다. 그리고 갑작스레 교실 안에 커다란 외침이 메아리쳤다.

"거짓말?! 그 얘기 어디서 들은 거야?!"

"거짓말 아니라고!! 마르스트 선생님이랑 무스켈 선생님이 얘기하는 걸 들었어! 지금, 학원 입구로 마중 나가려고 선생님들이 모이고 있대!!"

그 말을 듣자마자 학생들이 문 쪽으로 몰려들었다. 허둥지둥 달려가는 학생들의 모습에 다른 교실에 있던 학생들도 무슨 일이냐며 고개를 내밀었다.

"영웅 로벨이 학원에 온대!!"

남자가 외친 말이 전달 게임처럼 퍼져갔다.

단 한마디에 온 학원은 순식간에 소란스러워졌다.

*

　학원에서의 호위로 카이와 반이 동행하게 되었다. 명목은 로벨의 종자였지만 카이는 특히 현역 학원생으로서 안내역도 겸하고 있었다.

　졸업생인 로벨에게 안내는 필요 없다고 여겨졌으나 로벨은 엘렌에게서 눈을 떼지 않기 위해 카이를 부른 것이다.

　체험 입학 첫날에 저택으로 불려간 카이는 엘렌이 학원 교복을 입고서 체험 입학을 한다는 말을 듣고 놀랐다.

　엘렌의 교복 차림은 불과 몇 개월 전에 보았던 신입생 중에서도 작은 편이라 앳되어 보였다. 평소의 익숙한 드레스와는 인상이 다른 탓에 잘 어울린다는 당연한 감상을 말하기도 전에 입이 멋대로 움직이고 말았다.

　"에, 엘렌 님, 귀엽습니다……."

　"어?"

　"아! 아니 저기, 그…… 자, 잘 어울립니다!"

　"아아, 교복이요? 고맙습니다. 이 교복 귀엽죠~? 움직이기 편해서 저도 좋아해요!"

　"아뇨, 그게…… 아, 네."

　옆에서 로벨과 반이 살기 섞인 위압을 보내자 카이의 안색은 빨강에서 파랑으로 변해갔다.

　그 사실을 눈치채지 못한 채 들뜬 엘렌은 카이를 아래에서 올려다보며 에헤헷 하고 기뻐했다.

엘렌의 모습에 무슨 일인가 싶어 모두가 어리둥절해하는 사이에 엘렌은 카이를 향해 폭탄을 던졌다.

"카이 선배!"

이 엘렌의 공격(?)에 카이는 새빨개진 얼굴을 손으로 가리며 주저앉고 말았다.


엘렌은 마차의 작은 창문 밖으로 보이는 풍경에 멍하니 마음을 빼앗겼다.

멀리 보이기 시작한 학원의 외관은 영국의 윈저성과 비슷했다. 윈저성은 주말에 여왕이 지내는 곳으로 유명한 성이다. 엘렌은 생전 가족 여행으로 한 번 갔던 적이 있었다.

갈색 벽돌을 쌓아 올린 그 구조는 화려하다기보다는 성벽이나 국경을 지키는 벽 같은 인상을 주었다. 마치 작은 성곽도시 같았다.

유명한 그림으로 예를 들자면 타로 카드에 그려진 무너진 탑의 이미지라고 할까?

타로 카드의 탑은 정위치도 역위치도 흉을 뜻한다. 그것이 지금부터 일어날 일을 암시하는 것처럼 느껴져 불안이 조금 밀려들었지만, 곁에 있는 로벨들의 존재가 든든해서 그런 마음도 사라지게 해주었다.

중앙의 탑을 중심으로 커다란 탑이 일정 간격을 두고 주변을 둘러싸듯 세워진 것이 멀리서도 보였다.

각 과별로 탑이 다르고 정면 현관에서 오른쪽 방향을 따라 기사탑, 치료탑, 정령탑, 상업탑, 농업탑, 숙녀탑으로 되어 있다고 한다.

중앙에 우뚝 선 커다란 탑의 1층에는 식당 등의 공동 시설이 있고 그 바로 위가 각 과의 직원실이라고 했다. 중앙 탑의 바로 뒤에 있는 화려한 건물은 연락 통로로 연결되어 특별히 격리된 귀족탑이라고 했다.

귀족탑은 경비가 삼엄하며 일반 학생의 출입이 금지되어 있고 귀족용 기숙사도 그 탑에 자리 잡고 있었다.

엘렌 일행의 위치에서는 보이지 않았지만 귀족탑의 바로 뒤에도 가늘고 긴 건물이 두 개 있다고 한다. 그곳이 각각 일반 학생의 남녀별 기숙사 탑이었다.

거기까지만 해도 꽤 넓었다. 거기에 농업탑 전용 밭이나 치료탑 전용 약초 재배 밭이 있는 등, 전체를 다 포함하면 상당한 넓이였다.

그 주변은 커다란 숲으로 둘러싸여 있고 조금 떨어진 곳에 연못도 있다는 카이의 설명을 듣는 것만으로 정신이 없었다.

"아주 넓네요~!"

이건 탐색할 보람이 있겠다며 엘렌은 가슴이 설레었다. 기분 좋게 풀어진 얼굴로 마차의 작은 창에 매달린 엘렌을 보고 로벨과 호위인 카이는 쓴웃음을 지었다.


카이는 현역 학원생인지라 호위 겸 안내인 역할을 맡아 엘렌 일행을 곁에서 수행하게 되었다.

그리고 반은 당연하다는 듯이 따라왔다. 이번에는 로벨도 반대하지 않고 동행을 허락했다. 엘렌의 폭주를 로벨 혼자서는 막기 힘들 것 같다고 하는, 무어라 말할 수 없는 이유가 원인이었다.

"엘렌의 폭주를 반은 이미 경험해봤으니까 말이지."

"심중은 충분히 헤아리고 있습니다……."

"이해해주는 건가? 나 혼자서는 엘렌을 막을 수 있을 것 같지가 않아."

"엘렌 님은 그렇게 엄청나신 겁니까……?"

엘렌의 옛날 일을 화제 삼아 세 남자는 이야기꽃을 피웠다. 그 대화를 듣고 있던 엘렌은 뺨을 부풀리며 항의했다.

"그때는 푹 빠져 있었단 말이에요! 마법도 갓 배웠을 때라고요. 전이에 실패해서 이상한 곳으로 날아간 건 어쩔 수 없는 일이잖아요?"

"엘렌은 금방 요령을 배우잖아. 여기고 저기고 궁금하다며 전이를 거듭하다 결국 미아가 됐었지?"

"하지만 그것도 맨 처음에만 그랬어요! 성의 구조를 숙지한 후에는 미아가 된 적 없어요!!"

에헴 하며 가슴을 펴는 엘렌의 모습에 로벨은 한숨을 내쉬었다.

"……겨우 두 살인 아이가 그런 일들을 평범하게 할 수 있을 거라고 생각하니? 정령이라고 해도 엘렌은 마법이 무엇인지도 배우지 않았었는데 말이야."

아직 제대로 걷지 못한다며 하늘을 날고, 전이를 익히는 두 살 아이. 로벨의 눈을 피하겠다면서 빛의 굴절을 이용해 스텔스 마법을 짜내기도 했다.

흥미진진해하며 새로운 마법을 잇따라 만들어내는, 겨우 두 살이 되었을 뿐인 딸에게 로벨은 이리저리 휘둘릴 수밖에 없었다.

로벨의 고생담에 카이가 말을 잇지 못했다. 반은 역시 공주님이라며 자랑스레 코를 흥흥 울렸다.

"저와 공주님은 성에 잠들어 있던 잊힌 보물창고도 발견했었죠!"

"그때는 깜짝 놀랐어요!"

"그, 그건 대단하네요……."

놀라는 카이를 보고 기분이 좋아졌는지 반이 흐흥 하고 의기양양하게 가슴을 쫙 폈다.

"말은 잘하네. 반은 엘렌이 두고 가서 낑낑 울었었잖아."

"로벨 님……!"

드물게도 당황한 반의 모습에 카이가 의미심장한 표정으로 훗 하고 웃었다.

이 자식……! 하고 반과 카이가 서로 노려보기 시작한 옆에서 엘렌이 그립다~! 하고 웃었다.

"엘렌 님, 그때는 어떤 탐색이었습니까?"

"응?"

"어, 어이, 너……!"

카이의 웃는 얼굴이 눈부셨다. 아무래도 반이 낑낑 울던 무렵을 캐내려는 모양이었다.

그 사실은 안 반은 허둥댔지만 재미있다고 여긴 로벨이 엘렌을 재촉했다.

"그때는……."

학원에 도착하려면 아직 시간이 더 걸린다. 추억 이야기도 좋으려나 하며 엘렌은 기억을 더듬어갔다.

＊

당시 엘렌과 반은 만난 지 얼마 안 됐었다.

아기 호랑이인 반에게 엘렌이 푹 빠졌을 때는 좋았지만, 사는 곳이 성이라는 사실을 알자마자 엘렌의 흥미는 그쪽으로 옮겨갔고 반은 자주 방치되고 말았다.

반의 아버지인 빈트는 엘렌의 호위로서 어릴 때부터 서로를 인식시키려는 계획을 세웠던 모양이었다. 그러나 반과 사이좋아지기 전에 엘렌의 흥미가 성으로 옮겨갔고, 반과 교류를 다지기 전에 어딘가에서 미아가 되어 성안을 패닉에 빠뜨리고 말았다.

어른의 눈조차도 솜씨 좋게 빠져나가는 엘렌을 상대하는 일은 반에게는 너무 버거웠던 것이다.

반은 엘렌보다도 다섯 살 정도 나이가 많았다. 그러나 호랑이 모습으로는 이빨이 방해가 되어 좀처럼 말하기 힘들었고, 자주 혀를 깨물어 울상이 되는 일이 많았다.

그런 탓도 있어 의사소통을 하는 데 시간이 걸리고 만 것도 이유 중 하나였다.

반이 나이에 비해 말을 잘 못한다는 사실을 깨달은 로벨이 빈트에게 물었더니 의외의 대답이 돌아왔다.

"정령은 염화를 할 수 있으니, 목소리를 내서 대화할 필요가 거의 없답니다."

빈트의 설명에 그렇군 하고 이해한 로벨 옆에서 두 살 어린아이인 엘렌도 「그러~쿠나~」 하고 대꾸했다.

"……아가씨는 염화를 할 수 있으십니까?"

"모태!"

엘렌은 받침을 발음하기 어려워했다. 천천히 이야기하면 할 수 있지만 긴장을 풀면 바로 받침이 사라지고 만다.

그러면 실수했다며 엘렌은 입을 두 손으로 가리는 버릇이 있었고 로벨은 그 모습이 귀여워 언제나 표정을 무너뜨렸다.

"모, 옷, 해!"

"잘하네."

"응!"

그 모습을 본 반은 어린 마음에도 이래서는 안 된다며 엘렌을 본받아 혼자서 몰래 말하는 연습을 했다.

사랑하는 아들의 그런 기특한 뒷모습을 빈트는 조용히 눈물 흘리며 응원했다.

그렇게 노력한 보람이 있어 말을 잘하게 된 반과 엘렌은 더욱 친해졌고, 반은 훌륭하게 함께 탐색할 권리를 쟁취했다.

"공쥬님, 저도 데려가, 쥬세요!"

아직 말은 잘 못 하지만 앞발로 도당도당 바닥을 치며 부탁하자 엘렌이 활짝 웃으며 고개를 끄덕였다.

"바안 구운, 가치 가자!"

"녜에~!"

반의 꼬리는 기쁨에 붕붕 흔들렸다. 엘렌은 갑자기 무언가를 떠올리고 전이를 해버리는 일이 있는지라 반은 엘렌에게 딱 달라붙었다. 딱 붙어 있으면 반도 함께 전이된다는 사실을 알고 반은 열심히 엘렌에게 붙어 있었다.

게다가 엘렌은 어려서 그다지 힘을 쓸 수 없었기 때문에 반이 붙어 있으면 장거리를 이동할 수 없게 된다는 사실도 덤으로 발견되어, 이후 로벨은 언제나 엘렌에게 붙어 있으라며 반에게 엄명을 내렸다.

로벨이 엘렌을 안고 있으면 엘렌은 재주 좋게 로벨을 버려두고 전이로 도망쳤다.

반에게 눈을 떼지 말라고 한 명령은 로벨로서는 고육지책이었다.

그런 두 사람의 모습을 오리진들이 미소 지으며 지켜보던 어느 날, 엘렌은 며칠간의 성 탐색으로 결국 기묘한 장소가 있다는 사실을 깨달았다.

"반 군, 오느른 서쪽 탑에 감미다!"

"탑?"

반은 고개를 갸우뚱 기울였다. 서쪽을 모르는 모양이었다.

서쪽 탑은 인적이 없고 평소 아무도 접근하지 않는 곳이었다. 그곳에 신경 쓰이는 장소가 있다며 엘렌은 눈을 반짝반짝 빛냈다. 반은 고개를 갸우뚱 기울이면서도 「가치 가게씀미다!」라며 앞발을 번쩍 들었다.

엘렌은 곧바로 목적하는 곳까지 반과 함께 전이했고 순식간에 주변은 어두컴컴한 곳으로 변했다. 반은 쌀쌀함을 느끼고 무심코 부르르 몸을 떨었지만 엘렌은 이쪽! 하고 반을 재촉했다.

"내 계산에 따르면, 이 주변이……."

엘렌은 무언가를 찾아 찰싹 찰싹 찰싹 양손으로 벽을 두드리고 벽돌 틈을 하나하나 확인해나갔다.

반은 엘렌을 방해하지 않도록 조심하면서도 곁에 딱 붙어서 몰래 엘렌의 손가를 뒤에서 힐끔힐끔 들여다보았다.

"어라아?"

찰싹찰싹 벽을 두드리지만 아무런 변화가 없었다.

"으응?"

신음하는 엘렌에게 반은 「그만 두시게씀미까……?」라고 말하며 몇 번이나 말리려 했다. 반의 귀는 축 처졌고 꼬리는 다리 사이로 말려 들어가 있었지만 엘렌은 개의치 않았다.

그러다 엘렌은 무언가를 깨달았다. 어른과 시선의 위치가 다르다는 것을……. 둥실 떠올라 이번에는 위쪽 벽을 똑같이 찰싹찰싹 때리며 확인해나갔다.

그러다 어떤 한 면에 엘렌이 손을 댄 순간, 부웅 하는 소리가 나더니 마법진이 펼쳐졌다.

"공쥬님!"

엘렌은 깜짝 놀라 굳었다. 그 마법진은 금세 사라지고 말았다.

반은 온몸의 털을 곤두세웠다. 위험하다고 생각했는지 엘렌을 지키기 위해 감싸려 했다.

"공쥬님 도망치세요!"

"반 군, 갠차나."

생긋 웃는 엘렌의 모습에 반이 눈을 끔뻑였다. 아무래도 엘렌은 그 장치를 이해한 모양이었다.

'글자를 읽을 수 있어서 다행이었어~!'

조금 전 마법진은 아무래도 여신에게만 작용하는 모양이었다. 즉, 오리진만이 다룰 수 있는 것이었다. 『봉쇄』라는 마법이었으니 『개방』이라는 마법으로 해제할 수 있을 터였다.

다시 같은 곳에 손을 대자 『봉쇄』라고 쓰인 마법진이 떠올랐다. 그곳에 『개방』 마법을 덧씌우자 찰칵하고 조각이 맞춰지는 듯한 소리가 났다.

덜컹, 무거운 무언가가 빠지는 소리가 들렸다. 그러자 탑이 빙글빙글 돌기 시작했고, 탑 전체가 가라앉아갔다.

"와앗?!"

"공쥬님~~!"

그대로 둘이 빙글빙글 돌게 되는 바람에 눈치채지 못했지만 서쪽 탑은 지면에 나사처럼 박혀 들어가고 있었다.

다시 덜컹하고 움직임이 멈추었으나 엘렌과 반은 눈과 머리가 여전히 빙글빙글 도는 것 같았다.

갈지자 걸음을 걷다가 두 사람은 함께 바닥에 털퍼덕 주저앉았다. 잠시 그대로 상태가 진정될 때까지 기다리고 있으려니 엘렌이 갑자기 아하하 하고 웃음을 터뜨렸다.

"재밌어!"

"우으…… 공쥬님…… 어지러워요……."

"반 군 갠차나?"

"우~ 이제 갠찬씀미다……."

엘렌은 방금 해제한 곳을 보았다. 그곳에는 열린 안쪽으로 이어지는 길이 생겨 있었다.

"떠오르면 되는 거였어!"

오리진은 언제나 공중에 떠 있기에 그러한 위치에 장치가 되어 있던 것인지도 모른다.

둘이서 손을 잡고 일어서 조심조심 천천히 안쪽으로 나아갔다.

변함없이 반의 귀는 축 처져 있었고 꼬리는 다리 사이로 말려 있었지만 엘렌을 지키기 위해 앞장서서 걸었다.

통로에서 새까만 방으로 한 걸음 내디딘 순간, 갑자기 펼쳐진 넓은 공간. 발밑에서 파문을 그리듯이 일렁일렁 푸른빛이 퍼져나가 실내를 비추었다.

어떠한 마법이 걸려 있는지는 알 수 없었으나 점점 빛이 퍼져갔고 점차 실내가 밝아져갔다.

"우와아아아!"

"대다나다……!"

눈앞에 펼쳐진 광경은 상상했던 산처럼 쌓인 금은보화라는 이미지가 아니었다.

벽 안쪽이 비쳐 보일 만큼 얇은 비단이 가림막처럼 잔뜩 드리워져 하늘하늘 흩날리고 있었다. 천은 빛을 받아 빛나며 부드러운 빛을 발하고 있었다.

그 외에도 자잘한 보석 장식품이 물에 담긴 수정처럼 광물 안에 담겨 관리되고 있었다. 하나하나가 천장에 아로새겨져 떠오른 그 광경은 마치 별과 같았다.

"예쁘네요……."

"우와~!"

이 광경은 마치 밤하늘에 가득한 별과 오로라 같다며 엘렌은 넋을 잃었다.


"어머니께 그곳을 보고했더니 잊고 있던 보물 창고라고 했어."

"잊는 게 가능한 겁니까……?"

"어쩔 수 없지. 정령성은 족히 학원의 두 배는 되는 크기니까."

로벨의 설명에 카이는 눈을 동그랗게 떴다.

"정령들이 헌상하는 물건들로 넘쳐서 전부 파악하는 건 불가능하다고 하더군."

로벨이 어깨를 으쓱이며 설명했다.

"뭐, 잘됐잖아. 오리가 그곳은 발견한 엘렌에게 준다고 했거든."

"처음 듣는데요!"

"어라? 그랬던가?"

"그런 걸 그렇게 간단히 취급하는 건가요?!"

놀란 엘렌은 지금 당장 여왕에게 가서 항의를 할까 했지만 로벨이 됐어 됐어 하고 달랬다.

"엘렌은 그 보물 창고가 아니라 성의 구조와 장치 쪽이 더 마음에 들었을 테지만."

"들켰어!"

그런 대화를 흐뭇하게 지켜보던 카이는 추억 이야기에 타격을 받고 미간에 주름을 잡은 반을 발견한 뒤 풋 웃음을 터뜨렸다.

"끙끙 울었었군요."

"윽?! 이 자식!"

좁은 마차 안에서 두 사람의 시선이 빠직빠직 불꽃을 튀기는 중에 옆에서 엘렌이 반이 소매를 쭉쭉 잡아당겼다.

"공주님?"

"왠지 그리워졌으니까, 다음에 또 함께 거기 가자!"

그곳은 아주 아름다웠다. 그 후에도 때때로 오리진의 허락을 받아 둘이서 보러 가거나 한 적이 있었다. 추억 이야기를 하다가 한동안 그곳에 가보지 못했다는 사실을 떠올린 모양이었다.

생긋 웃는 엘렌의 모습에 치유를 받은 반은 마주 웃어 보였다. 그런 둘을 보고 있던 카이는 살짝 울컥했다.

정령계에 인간은 갈 수 없으니 어쩔 수 없다고 해도 이 두 사람의 인연에 끼어드는 일은 어려우리라고 새삼 깨닫고 말았다. 카이는 주먹을 움켜쥐었다.

로벨은 그런 카이를 힐끔 보고 주변의 분위기를 바꾸기 위해 이야기를 되돌렸다.

"그런고로, 너희들. 미아 상습범인 엘렌에게서 절대로 눈을 떼지 말도록. 반, 일단 오리도 수경으로 엘렌의 행동은 지켜보고 있을 테니, 떨어지게 되면 바로 오리에게 확인을 해줘."

"알았습니다."

"정말, 반 군까지!"

상습범은 아니라며 뾰로통하게 화를 내자 당황한 반이 공주님을 위한 일이라 생각해서입니다, 하고 말을 얼버무렸다.

"정 그러면, 아버지와 손을 잡고 있어도 저는 괜찮은걸요? 조금은 신용해줬으면 좋겠어요!"

"그렇게 말했겠다. 엘렌, 그럼 아빠랑 손을 잡고 있자꾸나. 물론 쭉 말이야."

로벨이 싱긋 웃어 보였다.

로벨은 웃는 얼굴이었지만 어쩐지 눈은 웃고 있지 않았다. 어쩌면 말실수를 했는지도 모르겠다며 엘렌은 아주 조금 후회했다.


엘렌과 반의 옛일들로 이야기꽃을 피우면서 마차는 학원을 향해 계속 나아갔다.

텐바르 왕국 학원은 넓은 숲으로 둘러싸여 있었다. 학원의 커다란 건물이 멀리 보이고 있었지만 전이에 익숙하다 보니 도착까지가 길게 느껴졌다. 그래도 경치를 바라보며 즐길 수 있었기에 전혀 힘들지 않았다.

마차는 자연히 만들어진 숲의 아치 안을 계속해서 달렸다. 건물에 가까워질수록 자연이 만든 숲의 아치에서 점점 꽃의 벽으로 둘러싸여 갔다.

잉글리시 가든이라고 불리는 정원의 식물을 심는 방법 중 하나로 보더 가든이라는 것이 있다. 부지 문 주변의 가드닝을 보고 있자니, 앞쪽으로 키가 낮은 꽃, 안쪽으로 키가 큰 꽃을 심는다고 하는 깊이를 표현하는 방법을 취하고 있었다. 그것과 건물 양식이 어우러져 마치 영국 같았다.

엘렌의 두근거림은 멈출 줄을 몰랐다. 로벨에게는 괜찮다고 호언장담했지만 그 자신감은 학원 건물이 보일수록 희미해져가고 있었다. 엘렌의 눈은 건물에 못 박혀 있었다.

마차의 작은 창문에 매달려 눈을 빛내는 엘렌의 모습에 세 사람은 이미 틀렸다며 포기와도 가까운 느낌으로 쓴웃음을 지었다.

꽃길을 지나 문 앞의 넓은 곳으로 들어가자 갑자기 눈앞이 트이고 성의 모습이 눈에 날아들었다.

성벽의 벽돌은 녹색 담쟁이덩굴로 뒤덮여 있었고 녹색과 꽃으로 둘러싸여 있었다. 그 모습에 엘렌은 마음을 빼앗겼다.

입구를 지키는 기사에게 신분증을 제시하고 확인이 끝난 후 기사 둘이 좌우의 문을 열어주었다. 그 안으로 빨려 들어가듯이 마차가 나아갔다.

건물 입구 앞에 여러 사람들이 줄지어 기다리고 있는 모습이 보였다. 창문에 달라붙어 있던 엘렌이 그 사실을 깨닫고 깜짝 놀랐다. 냉큼 고개를 집어넣은 뒤 로벨에게 매달렸다.

'어쩐지 사람이 엄청나게 많았어!'

대체 무슨 일이 일어난 것일까?

마차가 멈추고 호위인 카이와 반이 먼저 내렸다. 마차 안에는 엘렌과 로벨만 남았다. 그 순간 로벨은 자그마한 목소리로 주의를 환기시켰다.

"생각 이상으로 큰 소란이 벌어졌군…… 떨어지면 안 됩니다. 공주님."

로벨은 그렇게 말하더니 빠르게 엘렌의 이마에 키스를 했다.

그리고 먼저 내린 로벨은 마차 문 앞에서 「공주님 내리시지요」라며 마치 기사처럼 손을 내밀어주었다.

그러나 로벨이 마차에서 내린 순간 들려온 땅울림 같은 사람들의 환성에 엘렌은 무슨 일인가 하며 놀라서 눈을 깜빡였다. 그 눈동자는 불안한 듯 흔들렸다.

엘렌은 지금까지 자신의 아버지가 영웅이라는 사실을 완전히 잊고 있었다.

게다가 몬스터 템페스트 건만이 아니라, 신의 약을 가져와 사람들을 구한 영웅이라는 소문이 더해져 인기가 다시 불타오르고 있었던 것이다.

이 소문은 주변의 시선을 엘렌에게서 돌리기 위한 정보 조작이었으나, 깨닫고 보니 아무래도 소문은 로벨과 엘렌을 하나로 여기는지 그다지 효과가 있다고는 말하기 어려웠다.

환성에 겁을 먹은 엘렌을 안심시키기 위해 로벨이 카이와 반도 옆에 있으니 괜찮다고 속삭였다.

머뭇머뭇 로벨의 손을 잡고 마차에서 내리자 그때까지 환성에 휩싸여 있던 자리가 순식간에 고요해지고 말았다.

엘렌은 새 교복을 입고 있었지만 멀리서 보아도 확실히 알 수 있을 만큼 자그마한 여자아이였다.

빛을 반사하는 아름다운 머리카락은 영웅과 같은 색이었고, 문득 학원을 올려다보는 얼굴은 멀어서 확실히 분간할 수 없었음에도 모두가 말을 잃고 바라보게 될 정도로 성스러워 보였다.

로벨의 손을 잡고 밖으로 나온 엘렌은 학원 건물 문에서 이쪽을 보고 있는 사람들의 숫자에 놀랐다.

마차를 총동원하여 마중을 나온 것은 교사들인 듯했는데 마치 사용인처럼 일렬로 늘어서서 로벨 일행을 향해 인사를 하고 있었다.

로벨이 엘렌에게서 시선을 들고 학원 쪽으로 몸을 돌린 순간, 조금 전의 환성과는 다른 다양한 목소리가 들려왔다.

슬렁슬렁 웅성대는 사람들의 목소리에 엘렌은 어찌하면 좋을지 몰라 당황한 나머지 로벨의 등 뒤로 쏙 숨어버렸다. 불안한 얼굴을 하고서 로벨을 올려다보았다.

"신경 쓰지 않는 게 제일이야. 하지만, 이래서는 역시 학원에 다니는 건 무리겠구나. 그리운 마음으로 돌아와 봤더니, 이렇게까지

품위 없는 학원이 되어버렸을 줄이야."

로벨의 말에 엘렌은 고개를 끄덕였다. 그러다 문득 깨달았다. 기분 탓인지 로벨의 말이 주변 사람들에게 들릴 만큼 컸던 것이다.

그러자 가장 앞에 있던 뚱뚱한 남자가 그 말을 듣고 놀란 얼굴을 하더니 뒤에 대기하고 있던 교원으로 보이는 사람들에게 소란을 진정시키라고 지시를 내렸다.

교원들은 서둘러 건물 안으로 들어갔다. 그리고 여기저기에서 「너희들, 교실로 들어가!」라는 호통 소리가 들려왔다.

손을 마주 비비면서 뚱뚱한 남자가 이마에 땀을 흘려가며 로벨에게 인사를 했다.

아무래도 이 사람이 그 끈질긴 편지를 보낸 장본인인 모양이었다.

일단 학원장실로 가시자는 말에 엘렌 일행은 그 자리를 뒤로했다.

\*

교사에게 호통을 듣고 제각기 교실로 돌아갔던 학생들은 흥분한 기색으로 이야기를 나누었다.

"영웅 로벨이야! 정말로 영웅이 왔어!"

멀리서이기는 했지만 분명 소문대로의 머리 색을 하고 있었다. 백발은 아닌, 특별한 광택을 발하는 듯한 은색 머리카락을 가진 사람은 영웅밖에 없었다. 은색은 정령의 색이었다.

영웅에 앞서 마차에서 내린 인물이 백발의 반이었던 만큼 그 차이는 현저하게 드러났을 터였다.

그리고 학생들의 대화는 영웅 뒤에 나온 소녀에게 집중되었다. 영웅이 마차 안으로 뻗은 손을 잡은 자그마한 손.

영웅과 같은 광택의 은발 소녀의 모습을 본 순간, 학생들은 한순간 시간이 멈춘 듯한 느낌을 받았다.

"어쩐지 반짝반짝하고, 작고 엄청나게 귀여웠어!"

"뭐? 무슨 말이야? 누가 귀여웠는데?"

학생들은 멀어서 그 얼굴이 보이지 않았을 테지만 흥분한 탓인지 상상을 비약해 이야기하고 있었다.

"영웅 로벨이 작은 여자아이를 데리고 왔어. 영웅과 같은 머리색을 한 여자아이!"

"반크라이프트가는 은발이었어?"

"1학년 중에 있잖아. 거기는 대대로 갈색 머리카락이야. 영웅 로벨은 정령계에 갔던 탓에 머리 색이 변한 거라는 소문인데……."

거기서 소녀의 존재에 의문이 생겨났다. 소녀는 영웅 로벨과 같은 머리카락 색을 하고 있었다.

인간에게 은발은 없다. 은색은 정령의 색이다. 소문에 따르면 인간이면서 은발인 것은 영웅 로벨뿐이라고 했다.

소녀의 수수께끼에 학생들은 제각기 추측을 늘어놓았다.

"……여동생이라든가?"

"영웅 로벨에게 여동생은 없어. 그 가문의 여자아이는 1학년인 영웅의 동생의 딸뿐이잖아? 하지만 학원 교복을 입고 있었어!"

"그럼 대체 그 여자애는 누군데?!"

격렬해지는 대화에 문뜩 누군가가 생각났다며 소리쳤다.

"신의 약을 나눠주는 건 영웅 로벨과 그 딸이라는 소문, 알아?"

"뭐……? 그게 무슨 말이야?"

"치료원에서 소문이 났어. 약을 가져오는 건 언제나 영웅과 함께 있는 여자아이래."

"영웅 로벨이 결혼했었어?!"

충격적인 사실이 발각되자 여학생들 사이에서 비명이 터져 나왔다. 남학생들은 여자는 이렇다니까 하며 한숨을 내쉬었다.

로벨 일행이 도착하는 모습을 보았던 일부 학생들은 자신들이 본 광경이 꿈이 아니라는 것을 확인하고 싶은지, 종자로서 대기하고 있던 흰 머리카락의 남자 이야기와 옆에 있던 상급생 이야기로 열을 올렸다. 그것을 전해 들은 학생들 사이에서 이야기는 조금씩 과장되어 퍼져나갔다.

여자들은 알기 쉽게 남성들의 외모가 멋졌다며 흥분했고 대조적으로 남자들은 조그마한 신비한 소녀 이야기로 활기를 띠었다.

영웅 로벨의 결혼 이야기부터 자신들이 그 옆에 서게 되는 꿈같은 이야기까지, 이런저런 상상들이 난무했다.

남자의 동경인 소녀상에 여자들이 기막혀하는 소리를 냈고, 여자들의 새된 목소리를 들은 남자들이 흥이 깨진다고 대립까지 하고 나서 수습이 어려울 지경이 되었다.

"아니, 역시 영웅도 그 나이니까 결혼 정도는 했겠지. 몬스터 템

페스트는 지금부터 14년 정도 전이잖아? 그때 분명 영웅은 성인이
된 직후였을 테니까…… 그러니까 지금 서른한 살 정도인가?"

그 말을 듣고 그런 나이로는 보이지 않았다며 놀라는 목소리가
들려왔다.

멀기는 했지만 열여섯 살로 최상급생이기도 한 가디엘 전하와 나
이 차이가 그다지 나지 않는 듯 보였기 때문이다.

소녀와 나란히 선 모습은 나이 차이가 나는 남매로 보일 정도였다.

그러나 그 영웅 로벨이다. 정령계에 갔다고 여겨지는 영웅이다.
무엇이든 가능한 일이라고 모두가 납득했다.

"하지만 정말로 영웅의 딸이라면……?"

누군가의 중얼거림에 교실이 순식간에 조용해졌다.

다다른 가능성에 학생들은 한층 더 흥분했다.

일의 진상을 확인하려면 친족에게 묻는 것이 제일이라며 여학생
들은 라필리아가 있는 교실로 달려갔다.

*

교실 안 소동에 라필리아는 어리둥절했다.

영웅 로벨이 학원에 나타났다는 소문에 조금 전부터 진상을 확인
하겠다며 모르는 학생과 상급생에게 끊임없이 불려 나가야 했다.

"……그런 거 나는 몰라!"

이제 지긋지긋하다 여길 무렵, 소문이 더해졌다.

"영웅 로벨과 같은 머리 색을 한 여자아이는 누구야?!"

그 말에 라필리아는 꿀꺽하고 목을 울렸다.

그것은 큰아버지의 딸인 엘렌이 아닐까……?

"엘렌? 큰아버지와 같이 엘렌이 학원에 온 거야?"

라필리아의 말에 주변에 있던 이들의 안색이 바뀌었다.

"엘렌? 그 여자아이 이름이 엘렌이야?!"

라필리아는 익숙한 광경에 진절머리가 났다. 모두 하나같이 엘렌, 엘렌. 영지에서 본 광경이 이 학원에서도 펼쳐지기 시작한 것이다.

엘렌은 학원에 입학하지 않는다고 들었는데, 무슨 생각으로 여기에 나타난 것이냐며 라필리아는 짜증을 느꼈다.

자세한 이야기를 물으니 교사들이 총동원되어 엘렌을 마중 나갔다고 한다.

자신도 본가는 공작가다. 그런데 교사들에게 그런 대접을 받은 기억은 전혀 없었다.

오히려 시정 출신이라는 것만으로 교사는 물론이고 귀족들까지 험담을 하며 바보 취급을 했다.

'엘렌의 어머니도 어디의 누구인지 모르는데! 이 차이는 대체 뭐야?!'

라필리아는 화가 났다. 같은 학년에다 사사건건 시비를 거는 아버지의 전처 딸 때문에 매일 짜증이 나는데, 거기에 더해 엘렌까지 나타나다니 대체 어떻게 된 일이란 말인가.

그리고 어째서 친족인 자신에게 알리지 않은 것이냐며 라필리아는 입술을 깨물었다.

'확인해봐야겠어……!!'

라필리아는 엘렌 일행이 향했다고 하는 곳으로 달려갔다.

*

이 소동은 가디엘들의 귀에도 들어갔다.

귀족탑의 한 방. 소동까지는 벌어지지 않았지만 영웅과 가까워지고 싶어 안절부절못하는 귀족들이 눈에 빤히 보여 가디엘은 기분이 나빴다.

자신도 엘렌을 만나러 가고 싶건만 저주가 족쇄가 되어 다가갈 수 없다. 그런 자신과 달리 다가가려고 마음먹으면 인사가 가능할 만큼 다가갈 수 있는 다른 귀족이 부러웠다.

가디엘은 엘렌이 학원에 왔다고 듣고 한순간 혼란스러웠다. 그러다 바로 인사 정도는, 하고 가려 하다가 시엘에게 제지를 당하고 말았다.

그녀는 시엘 랄 텐바르. 가디엘의 바로 아래 동생으로 텐바르 왕가의 제1 왕녀였다. 올해 열네 살이 된 그녀는 라비스엘이 마음에 들어 하는 냉정 침착한 성격에 왕비의 가르침을 받아 정보 수집에 능한 여자아이였다.

텐바르 왕가 특유의 금발과 푸른 눈, 폭신폭신한 롱 보브 헤어, 왕비를 똑 닮은 생김새가 강단 있는 인상이었다.

한창때의 여자아이이건만 그다지 웃지 않는 그녀는 또래에게 「재미없다」는 평을 자주 들었다. 그러나 한 번 입을 열면 그 화술에 모두가 혀를 내둘렀다.

그 탓인지 또래 여자아이들과의 티타임보다 왕비의 측근들이 모이는 어른의 사교계 자리에 더 자주 모습을 드러냈다. 『하늘』을 의미하는 이름대로, 매의 눈을 가진 정보 수집과 조작을 특기로 삼았다.

이 아이가 남자였다면 하고 라비스엘이 무심코 말해버린 일이 있을 정도로 유능했다.

자수가 특기라 이 나이에 이미 장인과 같은 실력을 지녔으며, 마음이 편해진다는 이유로 크고 작은 다양한 종류의 바늘을 늘 가지고 다니는 조금 수수께끼가 많은 여자아이였다.

참고로 형제들에게는 「무서워……」라는 평가를 받고 있다.

"안 돼. 기다려. 오라버니."

"시엘?"

"설마 오라버니가 직접 인사를 갈 셈이야?"

"……."

그다지 감정을 드러내지 않는 타입인 시엘이었지만 어쩔 셈이냐고 탓하고 있다는 것을 이해한 가디엘은 윽 하고 신음했다.

직접 인사하러 가다니 왕족이 할 행동이 아니다.

깜빡했다면서 떨떠름하게 의자로 돌아갔지만 반크라이프트가의 일을 생각하면 로벨이 인사하러 올 리가 없다는 것도 알고 있었다. 어찌할 수 없는 상황에 가디엘은 애가 탔다.

다른 귀족들과 마찬가지로 안절부절못하는 불안한 오빠의 모습을 본 시엘의 눈초리가 가늘어졌다는 사실을 깨달은 가디엘은 더욱 마음이 불편해졌다.

시엘은 할 이야기가 있다며 다른 자들이 없는 곳으로 방을 옮기자고 가디엘을 재촉했다.

그곳은 귀족의 탑 안에서도 왕족에게만 허락된 공간이었고 마법으로 방음 처리가 된 방이었다.

안에서 문을 잠그더니 시엘은 오빠를 오빠로 여기지 않는 신랄한 말을 쏟아냈다.

"오라버니, 또 엘렌 님이 있는 곳에 가려고 했던 거야?"

"……인사 정도라면 괜찮지 않을까 하고 생각했을 뿐이야."

겸연쩍어하며 말하는 가디엘도 평소에는 이렇지 않았다. 평소라면 왕족으로서 솔선하여 행동하는 믿음직한 오빠지만 엘렌이 관련되면 곧바로 냉정함을 잃어버리는 경향이 있었다.

가디엘의 미숙한 행동에는 아버지인 라비스엘도 골머리를 썩이고 있었다.

이제 곧 학원을 졸업하고 본격적으로 폐하를 보좌하게 될 터이건만 엘렌에게 정신이 팔려 왕태자로서의 자각이 너무 부족했다.

정보 수집이 특기인 시엘은 자력으로 조사를 마쳐 모든 것을 알고 있었다. 가디엘이 어째서 엘렌에게 연연하는지도 알고 있었다.

"전부터 오라버니에게 말해야겠다고 생각하고 있었어."

"……뭘?"

"오라버니의 행동, 몹시 기분 나빠."

"뭐?!"

여동생의 말이 푹 찌르고 들어왔다. 가디엘이 충격을 받자 시엘은 한숨을 내쉬었다.

"오라버니, 우리가 저주받았다는 사실을 안 후에도, 라스와 함께 반크라이프트가로 쳐들어갔었지?"

"그게, 그……."

"보고 있자면 정말로 기분 나빠."

"으윽!"

푹푹, 가차 없이 말의 독침을 찔러대는 시엘에게 가디엘은 아무런 대꾸도 하지 못했다. 그러자 시엘은 그 이유를 세세하게 설명하기 시작했다.

"우리 왕족 쪽에서 어떤 유대를 가지려 하는 건, 다른 귀족들에게는 특별한 의미를 가져. 본인에게도 말이지. 하지만 엘렌 님은 별개야."

"그건…… 알고 있지만……."

"모르고 있어. 정령의 눈에 들려고 애써도 엘렌 님에게는 통하지 않는다고 말하는 거야. 그분은 정령계의 차기 여왕이잖아? 입장이 너무 달라."

엘렌은 인간계의 왕족 따위는 발밑에도 미치지 못할 존재다. 그걸 알고 있기에 가디엘은 직접 왕족을 대표하여 인사를 하러 가려고 한 것이기도 했다.

그렇기 때문이라고 말하려 했으나 이어진 시엘의 말에 머리를 맞은 듯한 기분이 들었다.

"분명 지위가 높은 자들끼리의 유대는 중요해. 하지만 그보다는 흥미도 없는 남성이 끈질기게 인사를 하겠다며 민폐를 끼친다면 정말로 기분 나쁠 거야."

"……흑?!"

가디엘은 심장이 덜컹하고 이상하게 움직이는 것만 같아서 무심코 자신의 가슴을 부여잡았다.

시엘의 말은 왕가의 사람이라는 지위에서 나온 의견이라기보다 남녀의 가치관 차이가 아닌가. 그렇다는 것은 가디엘의 행동은 시엘만이 아니라 여성 전반의 눈으로 보아도 몹시 기분 나쁘다는 뜻이다.

그 사실을 깨달은 가디엘의 안색은 점점 나빠졌고 식은땀이 흘렀다.

시엘의 의견을 같은 입장에 있는 여자아이의 의견이라고 본다면 매우 설득력이 있었고 엘렌이 본 가디엘은 상당히 민폐이기 그지없는 상대라는 사실을 깨닫고 말았다.

『엘렌은 기분 나쁘고 싫은 저주받은 왕족에게 시달리는 여자아이.』

가디엘은 겨우 자신이 자리한 위치를 알았다.

"과거에 최악의 일을 벌여 저주받은 일족인데도, 자신의 입장만 밀어붙이는 사람이라니. 정말로 전혀 성장하지 못했다고 생각하지 않아?"

시엘의 말이 가차 없이 찔러 들었고 가디엘의 몸은 휘청이면서 기우는 듯했다.

엉겁결에 무릎을 꿇기 전에 벽에 기대었다. 심장 소리가 시끄러울 만큼 귀에 울리는 느낌이었다.

비틀비틀 소파에 앉더니 의기소침해져서 무거운 한숨을 내쉬는 가디엘을 본 시엘은 너무나도 어이가 없었다.

그러나 어째서 이렇게나 가디엘이 엘렌에게 연연하는지 시엘 또한 절절할 만큼 이해하고 있었다.

아직 조금 어리던 때 막냇동생이 아직 태어나기 전. 시엘에게 있어 세계는 오빠가 전부였다.

남매 사이는 아주 좋았고 내성적이고 겁쟁이던 시엘을 가디엘이 데리고 나와 자주 함께 놀아주었다.

가디엘은 좋아하는 동화책을 시엘에게 종종 읽어주었다. 그것은 인간과 정령이 손을 맞잡고 모험하는 이야기였다.

많은 곤란을 함께 겪으며 친구로서 신뢰하고 힘을 합하는 모습. 정령이 불러오는 다양한 기적.

책을 읽어주는 것 말고도 자주 함께했던 놀이는 「정령 찾기」였다.

"오라버니가 정령 마법사를 동경했던 것쯤은 알고 있어."

"…………."

하지만 현실이란 무정하다.

왕족으로서의 영재교육이 시작됐을 때 수많은 과목 중에 정령 마법이 없다는 사실을 깨달은 가디엘이 배우고 싶다며 왕에게 직접 담판을 지으려 했다. 하지만 어째선지 그것만은 허락되지 않았다.

그렇다면 직접 정령 마법사 스승을 찾겠다며 정령 마법사가 있는 탑으로 향했던 일이 있었다. 결과는 큰 소동이 되었다. 정령들이 모두 도망쳐버렸던 것이다.

그때는 무엇이 원인인지 알지 못했지만 아버지인 라비스엘만은 이전부터 이러한 상황을 알고 있었기에 단단히 주의를 받았던 기억이 있었다.

어째서인지 언제나 생각했다. 학원의 주요 행사인 정령과의 계약 의식에도 왕족은 참여할 수 없다는 말을 들었다.

정령 찾기를 하며 정령을 발견한 일은 한 번도 없었다. 본 적도 없었다. 자신은 본 적도 만난 적도 없건만 정령 마법사들은 정령과 친구나 동료가 되어 다양한 마법을 썼다.

가디엘은 한 번이라도 좋으니 정령과 만나보고 싶어 애를 태웠다.

그리고 오랜 마음이 정령에게 통했는지 드디어 만났던 것이다. 엘렌이라는 존재를…….

그러나 얄궂게도 정령이 어째서 도망치는지도 알고 말았다.


조금 전부터 우울하고 어두운 그림자를 드리우고 있는 오빠의 뒷모습을 바라보며 시엘은 천천히 한숨을 내쉬었다.

시엘도 오빠의 마음을 모르는 바가 아니었다. 정령과 요정과 주술 종류를 좋아하는 것은 남자보다 여자 쪽이라고도 생각했다.

만약 사랑에 빠지는 주술이라 칭해지는 의식이 있다고 한다면 그것을 두고 이야기가 고조되고 몰래 실천해보는 것은 남녀 어느 쪽일까?

소문에 따르면 엘렌은 외모부터가 인간과는 동떨어져 있다고 들었다. 신비한 눈동자에 겉보기와 나이가 맞지 않는 어린 모습으로, 요정이라느니 정령 공주님이라느니 하는 소문이 한결같이 돌았다.

동경이 뒤섞여 오빠가 엘렌을 한눈에 좋아하게 되어버린 것도 어쩔 수 없다고 이해할 수 있었다.

'나도 엘렌 님과 만나보고 싶어……'

정령을 동경하는 것은 결코 오빠만이 아니다. 시엘 역시 마음속으로는 동경하고 있었다.

매의 눈이라는 칭찬보다, 왕가의 숙녀라는 대우보다, 정령과 함께 마법을 자유자재로 다루고 친구로서 많은 이야기를 나눠보고 싶었다.

그러나 누구보다도 주변을 정확하게 보고 있는 시엘은 현실을 받아들일 셈이었다. 분에 넘치는 것을 바라서는 안 된다.

본인은 분명 오빠의 입장을 질투하고 있었다. 처지를 잊고 동경을 우선한다고 하면 그 지위는 자신의 것이어도 괜찮지 않은가 라는 생각을 하지 않을 수 없었다.

시엘이 남자였다면 좋았을 거라던 왕의 탄식이 시엘의 등을 떠밀었다.

남자로 태어나지 못했다는 이유만으로 이렇게나 굴욕을 맛보게 될 줄은 몰랐다.

주변에 자신을 인정받고 싶다고 하는 욕구와 그것이 허락되지 않는 입장이라는 초조함이 시엘의 눈을 날카롭게 했다.

그 사실에 짜증을 느끼는 것과 별개로, 여성으로서 보아도 오빠의 행동은 용서할 수 없는 것이었다.

분명 오빠를 향한 적지 않은 질투도 있었지만 그보다도 시엘은 정보 수집에 능한 동시에 남모를 인덕도 있는 모양이었다.

"오라버니. 나는 남성분의 일방적인 민폐 행위를 내버려 둘 수 없어."

차갑게 웃는 시엘은 누구보다도 여자아이의 편이었다.


시엘은 또래는 물론이고 부인들의 신뢰가 매우 두터웠다. 사교계를 이끄는 왕비의 마음에 들었다는 것은 그러한 의미를 포함하고 있었다.

하지만 예상외로 남성분들의 신뢰도 두터웠다. 그것은 시엘이 연애 상담을 해주면 높은 확률로 이뤄진다고 하는 비밀스러운 소문이 있기 때문이었다.

뒤에서 시엘은 매우 유명했지만 시엘 자신이 정보 조작을 하고 있는 덕분에 가디엘은 시엘의 소문을 전혀 알지 못했다.

"지금이니 말할게. 오라버니가 반크라이프트가에 몇 번을 들이닥치든 엘렌 님이 저택에 없었던 건 내가 사전에 그쪽에 연락을 했기 때문이야."

"뭐?!"

"우리가 저주받았다고 듣고서도 형제가 나란히 들이닥치다니. 엘렌 님이 얼마나 곤란할지 생각해보지 않은 거야?"

"너, 너……!"

이렇게 가까이에 방해꾼이 있으리라고는 생각하지 못했으리라. 충격을 감추지 못한 가디엘은 아무런 말도 못한 채 파리한 얼굴을 하고 있었다.

어찌할 바를 모르는 가디엘과는 달리, 맞은편에 앉은 시엘의 태도는 늠름하며 매우 우아했다. 그 왕족으로서의 당당한 모습을 보고 가디엘은 시엘이 무슨 말을 하고자 하는지 겨우 눈치챈 모양이었다.

가디엘은 침착해지려 몇 번이고 심호흡을 했다.

개인에서 왕태자로 마음을 바꾸어가는 그 행동을 재촉하지도 않고 시엘은 그저 잠자코 가디엘이 차분해지기를 기다렸다.

"……이야기는 알았어."

무언가를 포기한 표정으로 가디엘은 느긋하게 소파에 등을 기대고 말했다.

"아니, 아직이야."

"……뭐?"

"원래의 오라버니라면 알 거야."

"음?"

"어째서 여기에 엘렌 님과 로벨 님이 오게 되었는지, 아직 모르는 거야?"

"……아!"

시엘을 말을 듣기까지 머리가 전혀 움직이지 않았다는 것을 실감했다. 가디엘은 깊은 숨을 토해낸 뒤 미간을 좁히며 눈을 감았다. 그리고 눈을 뜬 순간, 이번에야말로 분위기가 완전히 달라졌다. 조금 전까지 보였던 가디엘의 모습은 그림자도 찾을 수 없었다.

그런 가디엘을 지켜보던 시엘은 살며시 웃었다.

"시엘, 뭔가 알아낸 거야?"

"아버님에게 전달하기 위해 정보를 모았는데, 생각보다 서둘러 실력 행사에 나선 모양이야."

"그렇군."

"오라버니도 움직였다는 건 알고 있었어. 그 남자는 기적의 약에 집착했으니까."

"약에 관해서는 사전에 폐하와 반크라이프트가의 집사에게 전달했어. 왕가에서도 반크라이프트가에서도 약을 입수하지 못하면 성급하게 움직이리라는 건 알고 있었지만, 이렇게 빠르게 움직일 줄이야. 그렇게나 저쪽이 재촉하고 있는 건가?"

"……."

최근 가디엘은 정말로 라비스엘과 닮아가기 시작했다고, 시엘은 생각했다. 아니, 닮아가기 시작했다기보다는 닮지 않을 수 없었다고 말해야 할까?

기이하게도 그래야만 한다고 가르친 것은 엘렌이었다. 아직 이런 순간에 가디엘은 곤란한 얼굴을 하고 생각에 잠겼지만, 라비스엘은 궁지에 몰리면 몰릴수록 웃었다.

그것은 마치 게임을 하며 즐기는 듯 보여서 시엘은 그런 라비스엘의 모습이 정말로 무서웠다.

하지만 여동생으로서 꿈을 포기하지 않고 과감하게 도전하는 가디엘을 존경하는 것도 사실이었다.

부디 이대로 변하지 말아달라고 시엘은 마음속으로 바라고 있었다.

시엘은 슬쩍 가디엘에게 수신인이 쓰여 있지 않은 봉해진 편지를 내밀었다.

"……이건?"

"아직 아버님께 보고하지 않은 정보야. 이걸 어떻게 쓸지는 오라버니에게 맡길게."

"시엘……?"

"그리고 또 하나. 이쪽은 깨닫지 못하고 있을 테니까 말해둘게."

"뭔데?"

"반크라이프트가의 또 다른 영애를 조심해."

"……라필리아?"

"그 아이의 내력을 생각하면 바로 알 수 있겠지만, 방금까지의 오라버니와 마찬가지로 코앞밖에 보지 못하고 있어."

"윽……!"

조금 전부터 꼭 바늘방석 같았다. 바꾸려 했던 마음가짐이 간단히 흔들리고 만 가디엘은 당황했다.

"그리고 나처럼, 한 걸음 엇나가면 적이 될 존재도 가까이에 있다는 걸 잊지 말고 경계하도록 해."

"뭐……?"

거기까지 말한 시엘은 이제 충분하다며 자리에서 일어났다.

"……시엘의 수완에는 당해낼 수가 없네."

쓴웃음을 지으면서 고맙다고 인사를 한 뒤 봉인된 편지를 손에 드는 가디엘에게서 등을 돌린 채, 시엘은 한순간 뾰로통한 표정을 지었다. 하지만 금세 꾸며낸 미소를 얼굴에 걸고서 오빠를 보았다.

"훌륭하고 커다란 미끼가 있거든. 아무것도 안 해도 멋대로 사냥 감을 모아주니 큰 도움이 돼."

후후후 하고 웃은 시엘은 그대로 방을 나갔다.

잠시 멍해졌던 가디엘은 미끼의 의미를 이해한 후 머리를 긁적였다.

"못 당하겠어……."

스스로 미끼가 되어 적을 끌어들이고 하늘 위에서 정보를 얻는다. 왕은 그저 장기 말을 써서 진군할 뿐인 존재가 아니라는 뜻이었다.

*

학원장실로 향하는 도중, 주변의 웅성거림과 노골적인 시선에 엘 렌은 진절머리가 났다.

게다가 다른 일행들의 걸음이 너무 빨라서 엘렌은 종종걸음을 치지 않으면 따라갈 수가 없었다.

이 세계의 남성은 키가 크고 그에 비례해 다리가 길었다. 그 다리 로 걸어가면 키가 작은 엘렌은 어찌해도 종종걸음을 쳐야만 따라 갈 수 있었다.

정령이니 공중에 부유할 수 있지만 인간이 보는 앞에서 그런 짓을 했다간 무슨 일이 벌어질지 알 수 없었다.

남들 앞에서 경솔하게 전이를 할 수는 없는 일이라며 엘렌은 한숨을 내쉬었다. 그러자 바로 엘렌의 한숨을 알아차린 로벨이 「눈치채지 못해서 미안하구나」 하고 사과를 했다.

"엘렌, 이리 오렴."

로벨의 말에 반사적으로 안아달라고 재촉하듯이 양손을 번쩍 들어 올렸다.

로벨은 웃으며 엘렌을 안아주었다. 그리고 그대로 한쪽 팔에 앉혔다. 앞서 걷던 학원장이 그 모습을 보고 놀라 눈을 동그랗게 떴다.

엘렌의 키로 판단하면 인간의 체중으로는 평균 30킬로그램 정도일 터였다. 하지만 엘렌의 체중은 그 20퍼센트에 지나지 않는지라 대략 6킬로그램 정도였다.

겉보기에 30킬로그램은 될 법한 아이를 가느다란 체형의 로벨이 한 손으로 안고 있으니 그야 놀랄 만도 했다.

로벨의 목에 매달리는 엘렌을 보던 학원장은 놀라면서도 웃고 있었다. 그 눈은 손이 많이 가는 아이를 둔 부모를 동정하는 시선이었다.

'이런. 분명 어린애라고 여길 거야……'

이런 경우 보통이라면 귀족으로서의 소양이 판단되리라. 학원에서 배운다고는 해도 그 이전에 가정 교육의 수준을 이런 부분에서 시험당하는 것이다.

실제로 어린아이이지만 열두 살로는 보이지 않은 외모 탓인지 그만 깜빡했다며 엘렌은 후회했다. 하지만 종종걸음으로 줄곧 따라가기도 힘들었다.

양쪽을 저울질한 결과 엘렌은 곧바로 편한 쪽을 택했다.

로벨의 어깨에 고개를 툭 기댔다. 이 자세는 매우 편했다. 게다가 로벨 일행을 따라갈 필요가 없어지면 그만큼 주변으로 시선을 돌릴 수 있다는 사실을 깨달았다.

이것은 매우 편리하다며 엘렌은 취미에 몰두하기로 했다. 주변을 두리번두리번 바쁘게 살피고 있으려니 그것을 지켜보던 카이가 흐뭇했는지 작게 웃는 기척이 느껴졌다.

조금 부끄러웠지만 그런 생각을 할 때가 아니다. 이것은 오리진에게 부탁받은 조사일 뿐이라며 엘렌은 대의명분을 내걸고 취미에 몰두했다.


엘렌은 입구에서부터의 걸음 수를 환산하여 거리를 계산했다. 학원의 중앙에 위치하는 곳에 학원장실이 있으리라.

1층에는 공동 시설이 있다고 들었다. 분명 그곳까지는 학생들의 시선이 느껴졌지만 그곳을 빠져나온 후로는 교직원 통로를 걷고 있는 것인지 학생들의 모습은 보이지 않게 되었다.

수업이 시작될 시간이 가까운 모양이니 학생들이 교실로 돌아갔을 가능성도 있었다.

머릿속을 풀가동시켜 학원 구도를 입체화했다. 건물 구조, 통로

순서, 교실 수. 그것을 바탕으로 계산하여 교실의 평균적인 크기를 예측했다. 그 모든 것을 건물의 크기에 대입하여 공백인 부분을 찾아냈다.

'이 건물 아래에 무언가가 있는 것 같아. 그리고 뭘까. 이 기척은……'

이 건물에 들어선 후부터 친밀함이 강한 기척이 느껴졌다. 다만 그 기척은 매우 희미하게 느껴지는 정도였다. 작은 정령이 아니라는 것만은 알 수 있었지만 어째서 이렇게 작은 기척만 느껴지는 것이냐며 엘렌은 고개를 갸웃거렸다.

정령일 텐데 아닌 듯한, 무어라 말할 수 없는 기척이었다.

그런 엘렌의 반응을 로벨이 바로 눈치챘다.

"엘렌, 벌써 뭔가 발견했니?"

"대략적이기는 하지만요. 그리고 이 건물 아래, 뭔가가 있어요."

엘렌의 속삭임에 로벨이 눈을 동그랗게 떴다.

뭔가가 「있다」고 엘렌은 단언했다. 그리고 엘렌은 이 기척은 정령 같다고도 전했다.

어째서 학원 바로 아래에서 정령의 기척이 느껴지는지 추측하는 것만으로도 예삿일이 아닐 듯했다.

게다가 오리진은 로벨이 재학 중에 위화감을 느꼈다고 말했다.

정령의 힘이 방대해지는 현상. 정령을 원인으로 한 무언가가 작용하고 있다고 생각해야 하리라.

"아까부터 이상한 느낌은 든다고 생각했지만…… 설마, 오리가 말했던 건 이건가?"

"그럴 거라고 봐요. 이 학원, 확실히 뭔가가 있어요."

엘렌의 눌러서는 안 되는 스위치가 켜지고 만 듯한 즐거운 목소리에 로벨은 쓴웃음을 지었다.

학원장실로 향하는 도중에도 그럴듯한 장소를 계속해서 가늠해 보았다.

그리고 지하에서 정령의 기척이 느껴진다는 사실을 알고 난 후엔 어째서 학원 지하인지 생각을 거듭했다.

오리진조차 위화감이라 여길 정도의 약한 기척이다. 그것에 어째서 「위화감」이라 느껴지는가. 엘렌은 계속해서 골똘히 생각했다.

'이 기척은 아마도 대정령 수준……인데, 어째서 이렇게나 작은 힘뿐인 걸까?'

그렇다. 그것이 위화감의 정체였다.

'대정령이라면 어머니에게 인사 정도는 할 텐데……. 그게 위화감으로 정리된 채라는 건…….'

대정령이 어떤 이유로 움직이지 못하는 상태로 있거나, 아니면 정령의 본질인 마소가 대정령 수준의 규모로 지하에서 소용돌이치고 있을 가능성도 생각할 수 있었다.


텐바르 왕국은 오래전에 정령을 산 제물로 삼아 세계를 잇는 문을 억지로 열려고 했었다.

게다가 이곳 근처에서는 마소의 폭주인 몬스터 템페스트도 일어났다.

'……이곳 근처?'

무언가가 걸렸다. 조금 전까지 머리를 가득 채우고 있던 성의 구조가 어딘가로 날아가 버렸을 정도로 엘렌은 생각에 잠겼다.

"……렌……."

'이 학원 지하에는 무언가가 있어. 게다가 건물 여기저기에 공간. 그것도 위치가 규칙적인 듯한…….'

"……엘렌!"

부르는 소리에 퍼뜩 고개를 들자 로벨이 쓴웃음을 지으며 「돌아왔니?」라고 물었다.

"상당히 깊게 생각에 잠겨 있던데, 괜찮니? 학원장실에 도착했단다."

"아, 죄송해요. 아버지."

로벨은 부드럽게 엘렌을 내려주었다.

눈앞에는 화려하고 커다란 문이 있었다. 여기가 학원장실인 모양이었다.

로벨을 선두로 방 안으로 들어가자 학원장은 방에 자리한 소파에 앉으라 권했다.

엘렌은 로벨 옆에 앉았고 호위인 카이와 반은 소파 뒤에 대기했다.

실내에는 학원장 외에도 보좌로 보이는 교사가 있었다. 이 사람은 아마도 이후의 길 안내 역이리라.

딱히 신경 쓰지 않고 눈앞의 학원장을 보니 정말이지 굽신거리는 태도의 사람이었다.

"다시 한 번, 환영합니다. 로벨 님. 저는 이 학원의 62대 학원장

발파라고 합니다."

"아아, 편지가 상당히 끈질겼던……. 몇 번이나 거절했는데, 어떻게 된 거지?"

"로벨 님. 무슨 말씀이십니까? 학원에 다니는 건 아가씨의 장래로 이어지는 중요한 길입니다."

"필요 없으니까 거절한 거 아닌가. 게다가 딸은 이 나라 사람이 아니니 학원에 다닐 필요 따위 없다. 그 점은 폐하도 알고 계신 일. 몰랐다는 말로는 끝나지 않을 걸세."

"그렇다면 부디 유학을! 로벨 님도 이 학원을 졸업하셨지요? 아가씨도 부디……."

"자네 머리는 필요 없다고 몇 번을 말해야 이해하는 건가?"

로벨의 신랄한 말이 눈앞의 학원장을 찔러 들었다. 로벨의 말에 움찔하고 뺨을 일그러뜨렸던 학원장은 그래도 물러서지 않고 이런 방법 저런 방법으로 엘렌을 학원에 입학시키려 필사적이었다.

엘렌은 공작보다 높은 신분인 왕가의 사람 외에는 귀족과 대화해 본 적이 없었다. 그래서 로벨의 태도에 놀라움을 감출 수 없었다. 평소에는 볼 수 없는 로벨의 격한 반응에 상당히 화가 났다는 사실을 알 수 있었다.

'그렇게나 나를 학원에 입학시키고 싶지 않은 거구나…….'

그 사실에는 쓴웃음을 지을 수밖에 없었다.

로벨의 태도에 당황해하면서도 학원장은 필사적이었다.

이 이상 로벨의 심기를 건드리면 어찌 될지 당장에라도 짐작이 될 만한 상황이건만 학원장은 필사적으로 엘렌을 입학시키려 설득했다.

이렇게까지 필사적으로 엘렌을 이곳에 입학시키고자 하는 이유는 무엇일까.

그보다 이렇게까지 노골적이면 꿍꿍이가 있습니다 하고 말하는 것이나 다름없지 않은가?

'반크라이프트가 사람과의 연줄이 필요한 거라면 라필리아로 충분할 텐데……. 나여야 하는 이유. 아버지와의 연줄이라면, 이 상황을 살릴 터. 하지만 대화 내용은 나를 학원에 입학시키느냐 마느냐 하는 화제뿐이잖아…….'

엘렌 개인과의 연줄을 갖고자 하는 것이라고 한다면.

엘렌이 학원에 입학하는 것으로 학원에 이득이 생긴다고 한다면—.

'왕가가 사주했다고 하기에는 허술하고…… 손쉽게 개인적으로 약을 구하려는 건가?'

체험 입학 중에 조사해야만 할 일이 늘어난 엘렌은 미간을 좁혔다.

"아버지. 지금은 학원을 체험하기 위해 왔잖아요. 결론은 그 후에 정해도 되지 않을까요?"

"엘렌……?"

의아해하는 로벨에게 엘렌은 방긋 웃어 보였다. 그 모습을 본 학원장이 표정을 환하게 밝히며 기뻐했다.

"아가씨, 바로 그렇지요! 학원에서 꼭 친구를 만들도록 하죠!"

학원장의 말에 대답하지 않고 엘렌은 로벨의 얼굴을 보며 생글

생글 웃었다.

"아버지, 이 학원이 제게 걸맞은 곳인지 아닌지, 수업 내용이라든가 여러 가지로 묻고 싶은 게 잔뜩 생겼어요. 중앙 건축물 주변의 건물 구조가 다르더군요. 거기에는 역사적 배경이 있을 거예요."

"저기, 그렇습니다! 그겁니다!! 꼭 수업을 받아보고 판단해주십시오. 이 학원의 역사에 흥미를 가져주시다니 영광입니다. 뭐든 물어봐 주십시오……."

"허가를 받았네요! 그런고로 오늘은 카이 군이 받는 수업을 중심으로 돌아볼게요. 건축물을 조사하는 것도 허가해주시겠죠?!"

"네! 네, 에……?"

학원장은 순간 고개를 갸웃거렸다. 자신은 무언가 좋지 않은 일을 허가해주고 말았다, 그런 예감이 든 것이리라.

학원장이 고개를 갸웃거리고 있는 그 앞에서 엘렌은 기쁜 듯 싱긋 웃었다. 하지만 그런 엘렌에게 로벨이 조용히 속삭였다.

"엘렌, 표정이 풀어졌어."

"이런."

엘렌은 표정을 다잡고 시치미 뗀 얼굴로 소파에 바로 앉았다.

새침을 떠는 엘렌의 모습에 옆에 있던 로벨이 푸홋 하고 뿜었다.

"……아버지."

"후훗. 엘렌은 귀엽다니까~."

로벨의 언짢은 감정은 한순간에 날아갔다. 엘렌의 머리를 사랑스럽다는 듯이 쓰다듬는 로벨의 모습에 학원장은 눈을 크게 뜨고 있었다.

조금 전까지 학원장에게 향해졌던 차가운 태도가 거짓말인 것만 같았다.

"학원장님. 혹시 이 학원의 겨냥도가 있을까요? 곤란하게도 저는 자주 미아가 된답니다."

"그건 정말 곤란하군요. 바로 준비하겠습니다."

엘렌이 시치미 떼는 얼굴로 그렇게 말하자 학원장은 얼른 돌아서서 책상 서랍을 향해 종종걸음쳤다.

엘렌의 미아 발언에 참을 수 없었는지 로벨과 카이가 웃음을 참으려 애쓰는 기척을 느낀 엘렌은 두 사람을 찌릿 노려보았다.

두 사람은 곧바로 어흠 헛기침을 하며 자세를 고쳤지만 로벨은 그래도 여전히 웃음기를 지울 수 없어서 후훗 하고 웃고 말았다.

엘렌이 그런 로벨의 손을 웃는 얼굴로 꼬집자, 아파~ 라고 말한 로벨은 엘렌의 머리에 부비부비 얼굴을 문지르며 엄살을 부렸다.

학원장은 비치된 책상 서랍을 열고서 부스럭부스럭 겨냥도를 찾았다. 하지만 찾지 못한 건지 대기하던 사람에게 가져오라고 명령했다. 그 사람은 서둘러 방을 나갔다.

지금이 기회라는 듯 엘렌은 엄살을 부리는 로벨을 밀어내고 소파에서 일어섰다.

이 학원장실에는 조금 전부터 묘하게 신경 쓰이는 부분이 있었다.

벽 한쪽에 서 있는 책장에 엘렌의 시선이 못 박혔다. 책장의 두께가 좌측 한 부분만 달랐다.

이 방은 복도에서 본 넓이와 방의 폭이 아무래도 맞지 않는 느낌이었다. 이 책장의 뒤편에는 자그마한 방이 있을 거라고 예상할 수 있었다.

학원장이 이쪽을 보고 있지 않은 틈에 엘렌은 슬쩍슬쩍 이동했다.

엘렌의 모습에 카이가 당황하면서도 아무런 말 없이 조용히 지켜보고 있었다. 카이는 상당히 분위기를 잘 읽는 아이인 모양이었다. 익숙한 로벨과 반은 벌써 뭔가를 발견한 거냐며 놀랐다.

그렇다. 이러한 장치의 대부분은 비치되어 있는 책상 아래나, 책장에 있는 법이다.

이 방이 융단은 소파 주변에만 깔려 있었다. 책상 아래는 마룻바닥이 그대로 드러나 있다. 그렇다는 것은 책장을 움직이는 장치는 책장에 있다는 뜻이다.

근대적인 건물이라면 책상 아래에 배선이 있다는 사실을 융단으로 감추겠지만 주변에는 마법의 기적도 없었다. 이곳은 원시적인 장치가 되어 있는 것이리라 결론을 내렸다.

대체로 이러한 책장은 들키지 않도록 장치가 책장 중앙 부근에 있었다.

'책장의 묘한 부분을 바탕으로 계산하면, 아마도 이 부근……'

짐작한 부분에 딱 하나, 붉은 도자기 같은 책이 있었다.

보통 책 표지는 천이나 가죽으로 되어 있다. 그러니 매끈하게 만들어진 책은 다가갈수록 눈에 띄었다.

엘렌은 그것을 주저 없이 잡아당겼다. 그러자 덜컹!! 하는 큰 소리와 함께 책장이 미끄러졌다.

"앗?!"

귀에 익은 소리가 들려오자 놀란 것이리라. 돌아본 학원장의 얼굴이 재미있을 만큼 딱딱하게 굳어져 있었다.

"우와아, 대단한 장치예요! 역시 학원이네요!!"

국어책 읽기와 함께 슬쩍 몸을 그 안으로 움직였다. 어디까지나 사고라고 말하는 듯한 태도였다.

비밀의 방에 들어가 보니 그곳은 어딘가 눈에 익은 방이었다. 그랬다. 엘렌들이 영지를 개혁하기 전, 치료원의 약 조제실과 아주 비슷했다.

'과연. 그런 건가요.'

엘렌을 이 학원에 입학시키고자 하는 이유를 알았다.

학원장은 엘렌을 방에서 내보내기 위해 허둥지둥 이쪽으로 달려왔다.

"학원장님은 치료학이 전문이신가요?"

"어? 네?"

"저희 영지에서도 치료원 개혁을 하고 있거든요. 괜찮다면 나중에 이야기를 들려주세요."

공통점을 발견한 자들끼리 나눌 이야기가 기대된다고 전하자 허둥댔던 학원장이 일그러진 미소를 지어 보였다.

"예, 예! 그럼요!! 반크라이프트령에서는 치료원 개선에 애쓰고 있다고 들었던지라, 저도 흥미가 있었습니다!!"

엘렌이 이 방을 발견하고 만 일이 오히려 좋은 방향으로 진행되었다며 안심한 모양이었다.

그 등 뒤에서 로벨이 과연, 하고 사냥감을 발견한 듯한 차가운 얼굴을 하고 있었다. 카이는 설마라고 말하듯 창백한 얼굴을 하고 있었다.

그 모습을 학원장이 눈치채는 일 없이 이야기는 계속 진행되었다.

# 제12화 로벨의 이명

엘렌들은 학원장에게 학원의 겨냥도를 받았고, 그 후 카이의 교실로 향했다.

"저기…… 엘렌 님. 정말로 제 교실로……?"

"네!"

"카이는 기사과였지? 나도 그곳 출신이니 설명하기 쉽다."

"아, 아뇨. 그게 아니라……."

횡설수설하는 카이를 보며 엘렌은 놀라 고개를 갸웃거렸다.

"혹시, 폐가 되나요?"

생각해보면 그것도 그럴 터다. 카이는 지인이 많은 곳에 신분 높은 일가를 소개하고 싶지 않았을지도 모른다.

남에게 민폐가 된다는 생각을 하지 못했다면서 낙담하고 있을 때 카이가 허둥지둥 양손을 눈앞에서 내저었다.

"당치도 않습니다! 로벨 님들께서 와주시다니, 제 동급생들은 당연히 무척 기뻐할 겁니다!! 그게 아니라, 저기…… 엘렌 님은 숙녀과 쪽이 아니어도 괜찮으신지요?"

숙녀과라는 것은 귀족 여성이 배우는 분야로 귀족 여성 대부분은 그쪽에 들어가게 된다.

귀족의 예의범절과 자수와 남편을 내조하는 법 등, 결혼 전 숙녀들의 필수 과목을 다룬다.

귀족의 후계자라면 귀족과, 혹은 일찍 정령과 계약하여 정령 마법에 눈뜬 경우 등은 정령과, 혹은 집안 사정에 따라 다른 과로 진학하는 경우도 있다.

"엘렌은 이미 숙녀다만?"

로벨은 싱긋 웃었지만 그 눈은 웃고 있지 않았다.

숙녀과가 있는 탑은 남자 출입 금지다. 로벨로서는 엘렌과 떨어져야 할 가능성도 있는 데다, 무엇보다도 그곳에는 라필리아와 아미엘이 있었다.

그런 곳으로 로벨이 엘렌을 보낼 리 없다. 무슨 소리를 지껄이는 것이냐고 말하듯이 로벨은 검은 미소를 흩뿌렸다.

로벨의 태도에 실언했다는 사실을 눈치챈 카이가 창백한 얼굴을 하고 사죄했다.

"그런데, 공주님. 정말로 괜찮으시겠습니까? 꼬맹이가 말하길, 그곳은 남자만 있는 방이라던데……."

"모두가 옆에 있으니까 괜찮아! 긴급 사태가 되면 전이는 어쩔 수 없다고 생각하고 있고."

엘렌이 개인적으로 전이를 할 수 있다는 사실이 알려지면 대정령과 계약한 것이 아니냐며 소동이 벌어질 가능성도 있다. 그러니 먼저 로벨이 전이를 해 보이고 로벨과 함께라면 엘렌도 덤으로 전이할 수 있다고 변명을 하자고 로벨과 사전에 말을 맞춰두었다.

"귀족과와 숙녀과는 논외이고, 정령 마법과에 가면 정령들이 큰 소동을 일으킬 가능성도 있어요. 남은 것 중에서는 행동하기 쉬운 기사과가 제일이죠."

"나도 기사과 출신이고, 현역인 카이도 있으니 설명이 쉽지."

움직이기 쉬운 과에서 건물을 조사하자는 것으로 이야기가 정리되었다.

"제 목적은 굳이 말하자면 치료과예요. 그리고 농업과와 상업과가 조금 신경 쓰여요."

농업과와 상업과는 예상외였는지 로벨과 카이가 고개를 갸웃거렸다.

이 두 개의 과가 생긴 것은 아주 최근인지 로벨은 그 존재를 몰랐다.

몬스터 템페스트 후에 황폐해진 국내를 다시 일으켜 세우려 하던 때, 이 두 분야가 매우 약하다고 라비스엘이 발언한 것이 계기라고 한다.

농업과는 농업 기술 향상과 종의 양산, 상업과는 부기와 상품 개발 등을 주로 가르치는 학과다.

이 나라의 왕가는 정령에게 기대지 못한다. 그렇기에 현실을 보고 움직였다.

엘렌은 라비스엘의 수완 중 일부를 본 듯한 기분이 들었다.

"귀족의 연줄보다 장래에 물류를 움직일 인재와의 유대가 필요해요."

반크라이프트는 공작가다. 신분이 낮은 귀족의 안색 따위는 신경 쓸 필요 없다.

게다가 왕가는 적이나 마찬가지라고 한다면 더욱 소중히 해야 할 상대는 영민이다.

엘렌이 직접 영지를 운영하는 것은 아니지만 엘렌의 눈은 영지 전체를 바라보며 그 행동의 영향은 왕국 전체로 퍼져갔다.

로벨은 희미하게 쓴웃음을 지었다. 이것은 엘렌이 가진 여왕으로서의 소질이리라.

"카이 군이 있어줘서 정말 다행이에요! 학원 사람이 옆에 붙어 있으면 조사할 수 있는 것도 조사할 수 없게 될 테니까요."

"으음……."

엘렌의 발언에 로벨과 반이 복잡해 보이는 표정을 지었다. 두 사람은 카이의 호위를 반대했던지라 마음이 불편한 모양이었다.

엘렌의 말이 기뻤는지 카이는 「도움이 될 수 있어 영광입니다」라며 좋아했다.

그런 이야기를 하면서 로벨과 반의 손을 하나씩 잡고 셋이 나란히 복도를 걷고 있을 때 마침 수업이 끝난 이들이 눈을 동그랗게 뜨고 이쪽을 빤히 바라보았다.

'학생이 늘어났네…… 쉬는 시간인가?'

스쳐 지나갈 때면 엘렌을 보고 어린애라며 멀리서 키득키득 웃는 소리가 들렸다.

그중에는 엘렌이 학원 교복을 입고 있다는 사실에 놀라는 자도 있었다. 엘렌의 체격이 작아서 입학할 나이로는 보이지 않는 것인지도 몰랐다.

로벨 님이라며 놀라는 목소리가 여기저기서 들리는 옆에서 저 아이는 누구냐고 속삭이는 소리가 분명하게 들려왔다.

평소 이러한 자리에는 거의 얼굴을 보이지 않는지라 사람들의 시선을 신경 쓸 일이 그다지 없기도 했고, 있다고 해도 상대는 어른들이었다.

하지만 지금은 나이 차이가 나지 않는 아이들이 상대라는 사실이 신경 쓰였다.

어른들에게 양손을 잡힌 이 상황은 부끄러운 게 아닐까? 하고 엘렌은 생각하고 말았다.

어린애가 부모에게 손을 잡혀 있다는 것은 아이를 잃어버릴까 염려한 부모의 행동이 아닐까?

한번 신경을 쓰고 나니 엘렌은 점점 주변의 시선이 신경 쓰이기 시작했다.

학원에서는 어디에 가도 주목을 받았다. 신경 쓰지 말라는 것이 무리한 이야기일지도 모른다. 엘렌은 마음이 불편해졌다.

서둘러 잡은 손을 놓는 것이 나을까?

"……엘렌?"

로벨이 눈치 빠르게 무언가를 깨달은 것인지 엘렌의 손을 꼭 잡았다.

무의식적으로 잡고 있던 손을 놓으려 하고 있었는지도 모른다. 퍼뜩 정신을 차린 엘렌은 로벨의 얼굴을 보며 생긋 웃었다. 잡고 있던 손을 답하듯 꼭 맞잡았다.

앞을 걸으며 안내를 하던 카이도 이쪽 모습을 살피고 있었던 모양이다. 어쩌면 자신도 모르게 이상한 태도를 보이고 말았는지도 모른다.

왠지 모르게 가슴속에 응어리가 남은 기분이 들었지만 신경 쓰지 말자고 속으로 몇 번이나 다짐했다.

그런 생각을 하는 사이에 목적지에 도착한 모양인지 「이쪽입니다」라며 카이가 교실 문 앞에 섰다.

엘렌이 고개를 들어 보니 카이가 긴장감을 띠고 자세를 바르게 했다.

기사과는 규율이 매우 엄하다고 들었는데 이 모습을 보니 군대 특유의 엄격함이 전해져 왔다.

게다가 호위로서 옆에 있는 카이와는 또 다른 분위기가 있어 엘렌은 빤히 바라보게 되고 말았다.

평소의 카이는 이쪽을 여동생을 보듯 흐뭇한 시선으로 지켜보는 일이 많았다.

하지만 오늘은 이렇게나 매서운 얼굴을 하고 있었다. 그 모습이 너무 신기해서 그리고 동시에 기사과의 엄격함을 살짝 엿본 기분도 들어 두근두근하기 시작했다.

먼저 교실로 들어가 교사에게 설명하고 오겠다 말하고 카이는 안으로 들어갔다.

"카이 군, 멋지네요!"

엘렌이 방긋 미소 지으며 그리 말하자 로벨과 반이 놀라 눈을 부릅떴다.

"……이런. 망한 건가."

"꼬맹이…… 나중에 보자."

어째선지 양쪽에서 으드득 이 가는 소리가 들려왔다. 뭔가 안 좋은 말이라도 했나 싶어 엘렌이 당황하고 있는데 갑자기 교실에서 흥분한 환호성이 들려왔다.

그 소리에 깜짝 놀라 어깨를 움찔하자 로벨이 한심하다는 듯 한숨을 내쉬었다.

"기사를 목표로 하는 자가 이 정도여서 어쩌자는 것이냐."

곧바로 들려온 교사의 호통 소리에 소란은 딱 멈추었다.

로벨에게는 귀에 익은 목소리였던 모양이다. 그리운 목소리라며 기쁜 듯이 말했다.

그러고 보니 로벨의 지인과 만나는 것은 반크라이프트가의 사람 이외에는 거의 처음이나 다름없었다. 그도 그럴 것이 로벨의 친구들은 14년 전의 몬스터 템페스트로 대부분 사망했기 때문이다.

그토록 처절한 싸움이었던 것이리라. 로벨은 그리운 듯, 그러면서 옛일을 떠올렸는지 조금 슬픈 표정을 지었다.

그것을 아래에서 조용히 들여다보던 엘렌은 로벨과 잡은 손에 꼬옥 힘을 주었다.

그러자 로벨이 퍼뜩 놀란 얼굴로 이쪽을 바라보았고 엘렌은 방긋 웃었다.

"반가운 분과 만날 수 있다니 기대되네요!"

"……후후, 그러게."

로벨과 둘이서 마주 보며 웃는 사이에 교실에서 카이가 나와「오래 기다리셨습니다」라고 말을 걸어왔다.

로벨은 그 말에 그래 하고 대꾸한 뒤 교실로 들어갔다. 그러면서「실례하지」라고 교실에 있는 이들에게 말했다.

로벨에 이어 교실로 들어가 보니 교실의 학생들은 오른손을 가슴에 대고 빈틈없는 자세로 서 있었다.

얼굴은 앳되었지만 군대와 같은 통일된 아름다움이 있었다. 앞에 있는 체격이 크고 댄디한 아저씨가 절도 있는 자세로 고개를 숙였다.

울퉁불퉁한 근육, 짧게 자른 머리카락, 입가는 쇼트 박스라고 불리는 단정하게 다듬어진 수염을 길렀고, 나이에 걸맞게 눈가에는 주름이 잡혀 있었다. 언뜻 보기에는 처음 만났을 당시의 사우벨과 닮은 느낌이라 나이를 잘 알 수 없는 사람이었다.

다만 날카로운 눈매가 가장 인상적이라서 무서운 사람이라는 느낌을 받았다.

"로벨 님, 기사과에 오신 것을 환영합니다."

"그리운걸. 잠시 신세를 지겠네."

"알았습니다. 카이! 로벨 님께 의자를 가져다드려라!!"

"네!"

동작 하나하나가 각이 잡힌 듯한 카이는 민첩하게 움직였다.

그 모습을 멍하니 바라본 후 의자를 두 개 가져온 카이에게 감사 인사를 하고 앉으려던 때였다. 로벨이 엘렌을 멈추었다.

"엘렌은 아빠 무릎 위에 앉아야지."

싱긋 웃으며 단호하게 말하는 로벨을 향해 엘렌은 황당하다는 시선을 보냈다.

예상대로 교실 안 사람들이 놀라서 눈을 동그랗게 떴다.

"그쪽 의자에는 반이 앉도록."

"감사합니다."

인사하는 반의 모습에 교실 안에 있던 자들은 선망의 시선을 보냈다.

기본적으로 주인은 가신에게 마음을 써주거나 하지 않는다. 그러나 주인이 마음을 써준다는 것은 가신을 신뢰한다는 증거였다.

기사가 선망하는 주인과 그 충실한 기사라는 이상의 형태가 그곳에 있었던 것이다.

반크라이프트가의 가신들과는 평소에도 이렇게 지내왔기 때문에, 엘렌은 하인들에게 미리 이야기를 들었음에도 학생들의 반응을 보고 놀랐다.

다른 영지에서는 주인과 가신의 관계가 그다지 좋지 않은 모양이다. 로렌이 반크라이프트가에서 일하고 싶다면서 간절하게 부탁하는 자들이 많다고 말했던 것을 떠올리고 납득했다.

어느 세계든 노동 환경이라는 것은 고민해보아야 할 문제라며 엘렌은 잠시 옛일을 떠올리고 한숨을 내쉬었다.

로벨의 무릎 위에 앉아 앞을 보자 기립한 채인 학생들이 살짝 동요했다.

엘렌이 생긋 웃으니 학생들은 움찔 어깨를 떨고 시선을 피했다.

'어라? 왜지? 그 반응은 슬픈데⋯⋯.'

귀족이 상대라 무서워하는 것인가 싶어 침울해져 있는데 로벨이 엘렌의 머리를 쓰다듬어주었다.

"엘렌은 언제까지나 그대로 있어주렴."

"⋯⋯네? 아버지가 한 말씀의 의미를 모르겠어요."

"알면 안 되지~."

엘렌의 뒤통수에 부비부비 얼굴을 문지르는 로벨의 모습을 보고 학생들이 입을 떡 벌리면서 놀랐다.

그중에서도 맨 앞에 있던 교사인 댄디한 아저씨가 가장 눈을 크게 뜨는 모습에 오히려 엘렌이 더 놀라고 말았다.

\*

라필리아는 복도를 달려갔다.

큰아버지 일행은 교장실로 갔다고 교원에게 들은 순간, 달리지 않을 수 없었다.

뒤쪽에서 「라필리아! 숙녀가 뛰면 안 돼!!」라고 혼내는 여교사를 무시한 라필리아는 걸음을 서둘렀다.

이 상황은 혹시, 엘렌이 학원에 다니게 되는 전조가 아닐까 하는 안 좋은 예감이 들었다.

'농담하지 마!'

라필리아는 영지에서 벗어날 수 있게 되어 지금까지 얼마나 숨 막히는 상황에 있었는지 실감했다.

특히 엘렌으로 오해받고 유괴당한 후엔 최악이었다. 과보호를 하게 된 사우벨 탓에 줄곧 저택에 갇혀 지냈다.

게다가 혼자서 빠져나갔던 탓에 가신들의 신뢰도 잃고 말았다. 라필리아가 무슨 말을 해도 안 된다며 믿어주지 않았다.

사우벨은 그 후 아리아와 라필리아에게 이야기를 들려주었는데 그 내용에 경악했다. 라필리아를 구한 사람은 엘렌라고 했다. 하지만 솔직하게 감사하다고 생각할 수 없었다.

'어째서? 나는 엘렌 탓에 납치당한 거잖아?'

구해주는 것은 당연한 일이라고 생각했다. 엘렌이 사과했지만 그것조차도 순순히 받아들일 수 없을 만큼 삐뚤어져 있었던 것이다.

라필리아가 왕가와 편지를 주고받는다고 퍼뜨린 것이 이번 일의 원인이라며 전하와의 편지는 일절 금지되었고, 한층 심한 감시를 받게 되고 말았다.

본래라면 귀족으로서 왕족과 편지를 주고받는다는 사실은 주변에 커다란 영향을 끼친다고 한다.

주변에서는 입 밖에 내서는 안 되는 일이라고 시끄러울 정도를 주의를 주었으나, 라필리아는 자신은 괜찮으리라 과신해서 마을의 친한 친구들에게 자랑하고 말았다.

그것이 원인이 되어 유괴범에게 납치당했다고 듣고 망연자실했다.

애초에 라필리아는 반크라이프트가와 텐바르 왕가의 불화에 관해 들어도 한 귀로 듣고 한 귀로 흘렸다.

반크라이프트가는 왕가와 얽힐 마음이 없다고 사우벨에게 호된 말을 들었을 때는 절망했다.

앞으로 일절 가디엘과 엮여서는 안 된다는 말을 듣고 말았다.

그럴 마음이 전혀 없었던 라필리아는 이제 가디엘과 이야기를 나눌 수 없게 되었다는 사실에 눈물이 멈추지 않았다.

분명 자신의 행동도 나빴다고 생각한다. 그러나 전부 엘렌 탓이 아닐까 하는 생각을 하지 않을 수 없었다.

엘렌이 없었다면 유괴범이 노리는 일도 없었을 터다.

엘렌이 없었다면 비교당하는 일도 없었을 터다.

자신이 반항적인 태도를 취하고 마는 것은 애초에 엘렌이 원인이다, 라고……

그 숨 막히던 영지에서 겨우 풀려났건만 학원에는 숙적 아미엘이 있었다. 사우벨의 전처, 악명 높은 아기엘의 딸.

하지만 아미엘은 사우벨의 딸이 아니었다. 학원 내에서 그 이야기가 사실인지 질문받았고 자매가 아니라고 가르쳐주자 그 소식이 아미엘 본인에게까지 전해졌다.

아무래도 저쪽은 라필리아를 원래부터 알고 있었는지 처음부터 이쪽을 적대했다.

아미엘은 왕족이지만 정조 관념이 없는 어머니 탓에 심한 험담을 들었다. 그러나 그런 것은 이쪽과는 전혀 관계없는 일이었다. 그런데도 아미엘은 사사건건 시비를 걸어왔다.

"그렇지 않아도 성가신 녀석이 있는데, 어째서 엘렌까지 온 거야!"

게다가 최근 엘렌과 가디엘은 사이가 좋은 것 같다며 메이드들이 소곤소곤 이야기하는 소리를 듣고 말았다.

그게 무슨 소리냐면서 분개하지 않을 수 없었다. 자신은 안 되는데 어째서 엘렌은 괜찮은 것인가.

'그런 거 절대로 용서할 수 없어!'

라필리아는 학원장실로 달려갔다.

그 후 학원장님에게 큰아버지 일행이 이미 이동했다는 말을 듣고 라필리아는 당황했다.

게다가 수업은 어찌한 것이냐며 학원장에게 직접 설교를 듣게 되어 라필리아는 혼쭐이 났다.

\*

기사과의 기본 수업은 오전이 이론, 오후부터가 훈련으로 구성되어 있었다.

오전에 훈련을 넣어버리면 점심을 먹은 후에 반드시 지쳐서 잠들어 버리는 자들로 넘쳐나 버리기 때문이라고 한다. 그 이야기를 로벨에게 듣고서 엘렌은 확실히 그렇겠다며 쓴웃음을 지었다.

수업 내용은 기사의 예법 확인으로 시작한 뒤 전법으로 옮겨갔다. 상황에 따라 싸우는 법, 군의 진형, 지형이 가져다주는 유리함과 불리함. 그리고 정령에 관한 내용으로 흘러갔다.

이 흐름에 로벨의 눈이 가늘어졌다. 정령과 계약한 로벨이 수업 참관을 하고 있으니 마침 잘 되었다고 여긴 모양이었다.

교사인 댄디한 아저씨가 로벨을 보고 싱글벙글 웃고 있었다. 교실 전체의 기대 가득한 시선을 받았다. 여기에 응해주지 않는다면 교실 안에 낙담한 얼굴이 넘쳐나리라.

지금은 분위기를 읽자며 엘렌도 로벨을 향해서 반짝반짝 기대에 찬 시선을 보냈다.

엘렌의 시선을 바로 앞에서 받은 로벨의 얼굴이 움찔 굳어졌다.

로벨은 원래 영웅이라고 떠받드는 것을 싫어한다. 엘렌도 그 사실을 잘 알고 있었지만 학원에는 조사를 위해 온 것이다. 사람들의 시선을 한곳에 모아 틈을 만들고 그사이에 조사를 한다면 빠르게 진행할 수 있지 않을까 싶어 로벨을 방패로 삼기로 했다.

갑작스럽게 로벨이 게스트로서 수업을 진행하게 된 교실은 기쁨의 환성으로 가득해졌다.

로벨은 어흠 하고 헛기침을 하며 교단으로 향했다. 로벨의 무릎에서 내려온 엘렌이 「아버지 힘내세요!」 하고 응원을 보내자 로벨은 기쁜 듯 흐뭇한 얼굴을 했다.

"아, 원래 이런 일은 하지 않지만…… 뭐, 괜찮겠지. 너희는 열네 살에 정령과의 적성을 조사할 수 있다는 건 알고 있겠지? 거기서 적성이 있다는 걸 알게 되면 정령과의 교신에 참가할 수 있게 되고…… 기대하고 있을 텐데 미안하지만, 뭐 거의 없다고 생각하면 된다."

현실을 말해주자 충격을 받은 얼굴을 한 자들로 넘쳐났다. 그것도 그러하리라. 이 나라에서는 정령과 계약한 자는 단숨에 출세할 수 있다. 이 적성 검사가 이제 곧 실시될 시기인지라 기대하고 있던 이들이 많았을 것이다.

"적성이 있는 자는 열 살이 되기 전에 자연스레 계약한 자가 대부분이다. 그런 자들은 학원에 온 시점에서 정령 마법과에 있을 테지. 나도 일곱 살에 계약했다. 이건 소질 이전에 정령의 변덕이라고 생각해라. 너희 자신의 탓이 아니다."

로벨이 정령과 계약한 나이를 들은 모두가 놀랐다.

이 학원에서의 지위는 귀족과, 정령 마법과, 치료과, 기사과, 상업과, 농업과 순이다.

숙녀과는 여성 전용이기도 해서 예외 취급이었다.

각 과 중에서 정령과 교신을 할 수 있는 것은 정령 마법과를 제외한 상위 세 개의 과이며, 다른 과는 참가가 인정되지 않는다.

정령 마법과에 속한 자는 귀족과 정령 마법사의 가족이 대부분이었다. 그것은 가까이에 정령이라는 존재가 있고 그들이 정령들의 눈에 들기 쉽기 때문이었다.

"열네 살이 되면 귀족과, 기사과, 치료과의 학생은 정령과의 교신을 할 수 있다. 이유는 정령을 끌어당기는 인간의 마력이 이 나이에 최고치가 되기 때문이라고 하는데, 진상은 나로서도 알 수 없다. 내가 생각하기에 정령은 변덕스럽다. 우연히 발견하고 마음에 들어서, 그런 이유로 계약을 제안하는 정령도 있다."

그것은 혹시 오리진의 이야기인가 하고 엘렌이 눈을 깜빡이자,

시선을 눈치챈 로벨이 엘렌에게 찡긋 윙크를 하며 싱긋 웃었다.

그러고 보니 전에 여왕이 계약을 한 이유가 한눈에 반해서라는 이야기를 들었던 것 같다는 기억을 떠올린 엘렌은 어처구니가 없었다. 아웃ㅡ! 이라고 외쳤던 기억이 되살아났다.

'어머니⋯⋯.'

지금도 이 광경을 보고 있을 오리진을 떠올리자 「하지만~」이라는 말을 할 것 같았다.

"운 좋게 정령과 계약할 수 있었던 자에게는 세 가지 길이 준비되어 있다. 나와 마찬가지로 정령과 함께 기사가 되는 길, 그대로 정령 마법사가 되는 길, 그리고 치료사가 되는 길이다."

치료사라는 말을 들은 엘렌은 전에 만났던 흄이라는 남자아이를 떠올렸다.

그는 애슈트라는 토끼 정령과 계약했었다. 그 나이에 정령과 계약을 마쳤고, 더욱이 궁정 치료사이니 상당히 출세한 거겠지.

'전하와 나이 차이가 나지 않아 보였는데⋯⋯ 그거 대단한 거 아냐?'

이제 와서 새삼스럽지만 실은 상당히 대단한 사람이었다는 사실을 깨닫고 엘렌은 놀랐다.

그때는 이것저것 정신이 없어서 전혀 대화를 나누지 못했는데, 다음에 만날 기회가 생긴다면 반드시 치료원에 관한 것도 포함해 이것저것 물어보고 싶다고 생각했다.

그런 생각을 하는 사이에도 로벨의 수업은 진행되었다. 살짝 건성건성 들으며 수업 내용이라기보다 수업을 진행하고 있는 풍경에

넋을 잃었다.

'아버지는 멋지구나~.'

이렇게나 존경받는 영웅이었다. 그런 사람이 자신의 아버지라고 생각하니 엘렌은 아주 자랑스러운 기분이 되었다.

진지하게 학생들을 가르치는 로벨은 빈틈없어 보여 매우 멋있었다. 옆을 힐끔 보니 반도 자랑스러워하는 표정을 하고 있었다.

'직접 말하면 표정이 무너지는 게 유감스럽지만……'

학생들은 로벨의 말을 흥미진진하게 듣고 있었다. 로벨은 설명을 아주 잘했다.

모두가 오호라 하며 집중해 듣고 있는 모습에도, 직접 지도를 받았던 엘렌은 옛일을 떠올리며 응응 고개를 끄덕였다.

언제나 이렇게 멋진 로벨이면 좋으련만 조금 유감스러운 부분이 있어 그러지 못했다. 아무튼 로벨의 수업은 큰 호평이었고 오후 수업은 연습장에서 전투 훈련을 하기로 어느 틈엔가 약속되어버렸다.

엘렌이 제일 적극적으로 보고 싶다 보고 싶다 라며 가장 효과 좋은 성원을 보낸 덕분이었다.

\*

오전 수업을 마치고, 점심시간이 되자 학생들은 한꺼번에 식당으로 이동했다. 배가 금방 고플 나이인 그들은 순식간에 사라졌다.

조금 멀리서 로벨을 힐끔힐끔 엿보는 자들이 있었지만 그사이에 교사가 「로벨 님」 하고 말을 걸어왔다.

"인사가 늦었습니다. 오랜만입니다. 무스켈 교관."

로벨이 쓴웃음을 짓고 무스켈과 악수를 했다.

"영웅님이 돌아왔다는 소문은 들었습니다만, 무사하셔서 다행입니다."

무스켈은 조금 슬픈 얼굴을 하고 있었다. 로벨과 마찬가지로 몬스터 템페스트로 향했고, 돌아오지 못한 로벨과 동년배인 제자들을 떠올린 것이리라. 눈물을 살짝 글썽이고 있었다.

"나는 운이 좋았지. 그때 죽었어도 이상하지 않았으니까."

로벨의 안타까운 말에 엘렌은 갑자기 가슴이 옥죄었고 로벨을 꼭 끌어안았다. 그러자 로벨은 웃으며 엘렌을 안아 들었다.

"살아남은 덕분에 이렇게 소중한 존재가 생겼어. 나는 지금 행복해."

"그래 보입니다. 설마 이렇게까지 행복한 얼굴을 볼 수 있게 되리라고는 생각하지 못했습니다."

부드럽게 웃는 로벨과 무스켈의 얼굴을 보고 엘렌은 어쩐지 마음이 따뜻해졌다.

로벨을 이토록 걱정해주는 존재가 인간계에 있다는 사실이 엘렌은 무척 기뻤다.

로벨은 반정령이 되면서 어딘가 인간계를 포기했었다. 그걸 알고 있었기에 엘렌은 이자벨라들과의 관계 회복을 강하게 바랐던 것이다.

엘렌은 생전 인간이었을 때의 기억이 여전히 있다. 그러나 이 기억은 새로운 기억에 떠밀려 점점 사라져버려도 이상하지 않았다.

아직 이 세계에 살면서 만나고 싶다는 생각이 드는 존재가 있다면 꼭 만나야 한다고 여겼다.

'깨닫고 보니 전부 사라지고 없다니, 그런 후회는 이제 하고 싶지 않아. 그러니까 아버지도 하지 않길 바라……'

엘렌은 죽은 이유를 기억하지 못했고 어째서 여기에 있는지도 정확하지 않았다. 나이를 먹을수록 희미해져가는 생전 부모 형제의 얼굴. 친구들. 상사와 후배. 그리고 좋아했던 사람…….

그런 그리움에서 빠져나와 기분을 바꾸기 위해 엘렌은 방긋 웃으며 무스켈에게 물었다.

"옛날의 아버지는 어떤 사람이었나요?"

"에, 엘렌?!"

갑자기 동요하는 로벨의 모습에 고개를 갸웃거렸다. 대체 왜 그러는 걸까?

"후후후, 아하하핫!!"

순간, 무스켈이 크게 웃음을 터뜨렸고 엘렌은 깜짝 놀라 눈을 깜빡였다.

"아가씨. 여기서는 약간 이야기하기 어려우니, 식사를 하면서 이야기하면 어떻겠습니까?"

찡긋 윙크를 하는 댄디한 아저씨의 모습에 엘렌은 살짝 가슴이 두근거렸다.

무스켈은 동작 하나하나가 매우 그럴듯했다. 무스켈의 분위기가 로렌과 비슷하다는 것을 깨달은 엘렌은 마음속으로 할아범 같아!

하고 생각했다.

단숨에 친근감을 느낀 엘렌은 붙임성 있는 미소를 지으며 「네!」
하고 기운차게 대답했다.

"인사가 늦어 죄송합니다. 저는 아버지의 딸 엘렌입니다."

"참으로 정중한 인사에 감사드립니다. 엘렌 아가씨. 저는 기사과
에서 교편을 잡고 있는 무스켈 바이갈드라고 합니다."

무스켈은 기사로서의 예를 취해주었다. 엘렌은 로벨에게 안긴 채
였던지라 치맛자락을 살짝 들어 올리는 몸짓으로 답했다.

"그럼 식당으로 가실까요?"

"아…… 그건 좀 봐줬으면 하는데."

"하하하!! 현재 로벨 님은 영웅이니까요. 식사할 만한 상황이 아
니게 될 테죠. 그럼 제 방으로 가시겠습니까?"

무스켈 전용 집무실이 있는지 그쪽으로 안내를 해주었다.

카이에게 인원수만큼의 식사를 준비해달라고 부탁했는데, 엘렌
과 로벨은 둘이서 1인분 정도로 조금 적은 양을 부탁했다.

카이는 사정을 알고 있어서 알았다고 대답한 뒤 식당으로 향했다.


정령인 반은 어째서인지 인간과 같은 양을 아무렇지 않게 먹을
수 있었다.

그 이유를 두고 로벨은 원래 짐승 모습일 때의 크기와 관계있을
지도 모른다고 말했다.

분명 대형 동물은 하루에 약 10킬로그램의 고기를 먹는다고, 예

전에 텔레비전 방송에서 본 적이 있었다. 반은 족히 세 배는 체격이 크니 식사량도 세 배인 거라고 생각하면 그 식사량도 납득할 수 있었다.

정령은 많이 먹지 않아도 괜찮다고 하지만, 본래의 소비량이 다르면 정령이라고 해도 그 나름대로 식사량은 필요한 것일지도 모른다.

게다가 반은 인간계의 식사가 흥미진진한지 살짝 먹보 기질을 보이고 있었다. 이것은 엘렌이 알려준 푸딩과 관계가 있었다. 오리진도 푸딩을 매우 좋아했는데, 정령은 대체로 과일과 꽃의 꿀을 즐겨 먹는지라 단 음식을 아주 좋아하는 모양이었다.

카이는 빈틈없이 반의 몫은 3인분으로 계산했다. 그 모습에 로벨말대로 카이와 반의 사이는 제법 괜찮은 모양이라고 생각한 엘렌은 안심했다.

그러고 보니 반이 카이를 부르는 호칭도 『애송이』에서 『꼬맹이』로 바뀌었다는 것도 깨달았다.

그런 부분을 보아도 반의 마음속에서 카이가 승격했음을 엿볼 수 있었다. 변함없이 자주 싸우는 만큼…… 아주 조금이기는 했지만.

"그럼 우리는 앉아서 기다리죠."

방 중앙에 마련된 소파에 서로 마주 앉자, 엘렌과 눈이 마주친 무스켈이 싱긋 웃었다.

"그럼, 로벨 님 말입니다만……."

"아니, 아니. 그런 화제는 지금 여기서 꺼낼 만한 게……."

"아버지, 좀 잠자코 계세요!"

단호하게 로벨의 입을 다물게 하자 무스켈은 그런 엘렌과 로벨의 모습에 어깨를 떨었다.

"그 로벨 님이…… 큭큭큭."

"무스켈 교관……."

로벨의 퉁한 시선에 무스켈은 어흠 하고 헛기침을 하며 얼버무렸다.

그러고 보니 인간계에 온 후로 로벨의 태도에 놀라는 사람들을 잔뜩 봐왔다. 부모인 이자벨라와 로렌, 사우벨까지. 반드시 모두가 놀랐다. 그것도 놀란다기보다 경악하는 표정을 짓는 것은 대체 어떤 의미인 것일까?

어찌 된 것이냐며 무스켈에게 의문을 던지자 무스켈은 그립군요 하고 말한 뒤 눈을 가늘게 뜨고 이야기해주었다.

"로벨 님은 학원생일 때부터, 그 차가운 시선 때문에 얼음의 귀공자라 불렸지요."

"얼음의 귀공자!"

엘렌이 놀라서 소리치자 로벨은 머리를 감싸 쥐었다.

이게 흑역사라는 건가 싶어 엘렌이 로벨을 빠히 바라보니 로벨은 부끄러운지 뺨을 살짝 붉히고 있었다.

"얼음의 귀공자!!"

"잠깐, 엘렌! 그렇게 연호하지 마……!!"

"영웅님은 얼음의 귀공자!!"

"그만해—!!"

"아가씨, 그것만이 아닙니다. 그 외에도 죽음을 관장하는 미소의 기사라든가……."

"네에?! 그거 좀 더 자세히 들려주세요!"

"으아아아아아!!"

방 안에 로벨의 비명이 메아리쳤다.

이야기를 들어보니 아무래도 로벨은 평소 전혀 웃지 않는 사람이었다고 한다.

그 이유는 아기엘이었다. 어린 시절 아기엘은 로벨에게 한눈에 반했고 로벨은 줄곧 아기엘의 중압에 버텨야 했다.

질투심이 깊은 아기엘은 로벨의 친구들에게도 압력을 가하는 등 제멋대로 굴었고 그것이 계속되자 당연하게도 로벨은 고립되었다.

로벨은 당시의 반크라이프트 영주인 아버지에게 항의했지만 아기엘이 왕족인 탓에 어찌할 수 없다는 말을 듣고 말았다.

오히려 윗사람에 대해서는 참아야만 한다는 말을 들었고 로벨은 어릴 때부터 억제된 환경에서 자랐다.

그것이 원인이 되어 로벨은 사람들 앞에서는 좀처럼 웃지 않게 되었다. 유일하게 웃는 것은 계약한 정령과 이야기할 때뿐이었다고 한다.

'어머니는 줄곧, 아버지를 지탱해주었던 거네요…….'

사전에 오리진에게 상황 설명을 조금 들었으나 거의 방관 상태에서 아기엘의 유죄 판결을 보았었다. 하지만 그렇게까지 심각했다는 사실을 미리 알았더라면 엘렌은 기꺼이 직접 아기엘을 짓밟기 위해 움직였을 것이다.

오리진이 불덩어리를 던지고 싶어진다면서 몹시 싫어했던 이유를 드디어 알았다.

미인은 웃지 않으면 무섭다는 말들을 하는데 로벨이 그 전형이었다. 그래서 『얼음의』 같은 이명이 붙어버린 모양이었다.

"죽음을 관장하는 미소의 기사라는 건?"

"그건 말이지요, 로벨 님이……."

"아—! 아——!!"

로벨이 소리를 지르며 방해를 하려 드는지라 엘렌은 로벨의 입을 양손으로 막고 무스켈에게 다음 이야기를 재촉했다.

로벨은 웅얼거렸지만 진심으로 엘렌을 떨쳐내려고는 하지 않았다. 그랬다간 엘렌이 침울해져 울어버릴 거라 생각했는지도 모른다.

로벨은 엘렌의 손안에서 으아아아아 하고 소리치고 있었다. 그 진동이 너무나도 간지러워서 엘렌은 까르륵까르륵 웃으며 무스켈에게 얼른 얼른! 하고 다음 이야기를 재촉했다.

무스켈은 그 흐뭇한 아버지와 딸의 모습에 미소 지은 뒤 로벨이 가진 이명의 유래를 가르쳐주었다.

"로벨 님은 적과 싸울 때 아주 좋은 얼굴을 하셨죠……. 수업 중에 검술 시합을 할 때면 매우 즐거운 웃음을 띠고서 살기를 내뿜으셨답니다."

그걸 눈앞에서 본 자는 매우 무서웠을 거라며 엘렌은 납득했다.

지금 와서 생각해보면 거의 로벨의 분풀이였으리라. 평소 전혀 웃지 않는 사람이 그런 미소와 함께 살기를 날려댔을 때 그 이명의 의미는 「로벨의 미소를 보면 죽음을 각오해라」가 아니었을까?

엘렌은 무심코 진지한 얼굴이 되어 힐끔 로벨을 보았다.

그러자 로벨은 자각하고 있었던 것인지 획 고개를 돌렸다.

"아버지."

"……왜 그러지?"

"그런 표정을 지으며 싸웠다는 건, 상당히 즐기셨나 보네요?"

"부정할 수 없네……."

"하지만 전투 중에 웃는 건 동생분인 사우벨 님도 마찬가지지요. 로벨 님의 아버님이신 바르벨 님도 전투 중엔 즐겁게 웃으셨으니, 이건 유전인지도 모르겠습니다."

으하하 웃는 무스켈을 보며 엘렌은 그런 유전은 무섭다고 생각했다.

"내 딸이니까 엘렌도 분명 웃겠네."

"네?! 안 웃어요! 안 웃는다고요?!"

"그럴까?"

"아버지, 그건 무슨 의미인가요?"

엘렌이 싱긋 살벌하게 웃자 무스켈이 놀란 얼굴을 했다.

왜 그러는 건가 싶어 엘렌이 어리둥절해하고 있으니 무스켈은 「틀림없이 유전이로군요……」라고 중얼거렸다.

그 말을 들은 엘렌이 어마어마한 표정을 지었는지 옆에 있던 로벨이 폭소했고 무스켈은 허둥지둥 화제를 돌렸다.

"자, 자. 아가씨, 로벨 님은 그야말로 검술의 천재였답니다. 여전히 학원의 기록이 깨지지 않고 있죠."

"아버지는 그렇게 강한가요?"

"네. 그래서 기사과의 아들뿐만 아니라, 모두 로벨 님을 「정령의 검신」이라고 부른답니다."

"푸푸웃."

"그게 뭐야?! 처음 듣는데?!!"

이런, 이상한 웃음소리를 냈다. 하지만 한번 웃음보가 터지니 좀처럼 멈출 수가 없었다.

부들부들 어깨를 흔들며 웃음을 참고 있으려니 로벨이 뚱한 얼굴로 엘렌의 볼을 콕 찔렀다.

"엘렌……."

"아, 버지…… 죄송, 푸후훗."

"저기, 너무 웃는 거 아냐?"

"그게, 그렇지만…… 후훗! 이명이 네 개나 되잖아요!"

아니, 영웅도 포함하면 다섯 개인가?

"그 외에도 용사라고 부르는 자도 있고, 어머님을 닮은 외모에서 미의……."

"이제 그만!!"

"아버지, 대체 몇 개나 있는 거예요~!"

웃음을 필사적으로 참던 엘렌은 소파 뒤에서 대기하고 있던 반이 눈을 반짝반짝 빛내고 있다는 것을 깨달았다.

"……반 군?"

"역시 로벨 님이십니다! 이곳에서는 이미 신이라 칭송받고 계셨다니!!"

그 순수한 공격에 로벨은 드물게도 치명타를 입고 침몰했다.

*

카이가 인원수만큼의 점심 식사를 실은 왜건을 밀고 돌아오자 모두는 일단 수다를 멈추었다.

로벨이 카이와 반에게 함께 먹자고 권했고, 두 사람은 기뻐하며 함께 식사하기 위해 비어 있는 자리에 앉았다.

"흐음. 아주 좋은 주인을 만났구나. 카이."

"네. 아버지도 저도 과분한 영광입니다."

카이의 말에 로벨은 조금 복잡한 표정을 지었지만 이대로 관계가 지속되면 조만간 로벨에게 인정받게 되리라고 여긴 엘렌은 기뻐졌다.

식사는 저택의 요리와 비교하면 고기 요리가 많았다.

특히 기사과의 학생인 카이가 음식을 받으러 갔던 탓에 일행이 모두 많이 먹을 거라 여겼는지 양이 아주 많았다.

"아버지, 이건 아무래도 다 못 먹겠어요……."

"으음. 카이, 반. 몇 개 가져가 주겠나?"

"네."

남은 아주 적은 양을 엘렌과 로벨이 나눠 먹는 모습을 본 무스켈은 눈을 크게 떴다.

"로벨 님, 그 양은······."

놀란 무스켈에게 로벨이 설명했다.

"정령계에 있던 영향으로 체질이 바뀌었어. 그다지 식사를 할 필요가 없게 되었지."

로벨은 태연하게 설명했지만 역시 머리카락과 눈 색만 변하는 데서 그치지 않았구나 생각했는지 무스켈은 뚝뚝 눈물을 흘렸다.

"음······ 죄송합니다. 나이를 먹으면 눈물이 잘 납니다."

"나는 오히려, 이렇게 딸과 함께 식사를 할 수 있어 기쁘기만 한데."

로벨이 아~ 하고 음식을 내밀면 엘렌은 입을 아~ 하고 벌리는 버릇이 생겼다.

게다가 로벨이 먹여주면 엘렌도 로벨에게 아~ 하고 먹여준다.

둘이 함께 맛있다며 웃으면서 식사하는 광경에도 감동을 받았는지 무스켈은 눈물을 뚝뚝 흘리면서 눈썹을 팔자로 늘어뜨렸다.

또 울어버리는 건가 싶어진 엘렌은 냉큼 고깃덩어리를 포크로 찔러서 무스켈의 입에 들이댔다.

"무스켈 아저씨, 아아!"

무조건 들이대자 너무나도 놀란 나머지 무스켈의 눈물이 멈추었다.

다행이라고 생각한 엘렌은 식사를 계속했고 로벨은 어깨가 흔들릴 정도로 웃었다.

카이는 엘렌의 행동에 너무나도 놀랐는지 멍해 있었다. 반은 힐끔 이쪽을 보았지만 곧바로 우물우물 식사를 계속했다.

"무스켈 교관, 내 딸은 대단하지?"

큭큭 웃는 로벨에게 무스켈은 우물우물 입을 움직이면서 싱긋 웃고 고개를 끄덕였다.

*

같은 시각 가디엘은 별실에 대기하고 있던 왕태자 호위인 라베, 포겔, 트루크와 함께 대화를 나누고 있었다.

그 주제는 엘렌에 관한 것과 시엘이 가져온 편지의 속 내용이 중심이었다. 여기에는 매우 중요한 보고가 쓰여 있었고 여전히 가디엘은 사건의 중대함에 머리와 마음이 쫓아가지 못하고 있었다.

게다가 여동생이 이러한 정보를 알아냈다고 하는 점에서도 능력의 차이를 확인하여 좀처럼 충격을 감추지 못했다.

적재적소라고 하지만 시엘의 수완에는 언제나 놀랐다. 라비스엘이 시엘을 귀여워하는 이유는 이 능력에 있었다.

그러나 자신의 부족함을 한탄한들 어쩔 도리도 없었다. 시엘은 앞뒤 없이 저돌적인 가디엘의 행동에 간언을 하고 정보를 맡긴 것이다.

가디엘에게 보고서를 건넸다고 해서 시엘이 라비스엘에게 아무런 보고도 하지 않았을 리 없었다. 이것은 두 사람에게 시험받고 있는 것이라며 곧바로 사고를 전환했다.

"갑자기 미안하다. 자, 시작할까?"

가디엘이 그렇게 말하자 세 사람은 같은 타이밍에 경례를 했다.

시엘에게 정보를 얻은 가디엘은 곧바로 호위인 세 사람을 불렀다. 이 세 사람은 늘 가디엘의 옆에서 대기하도록 명령을 받았다. 그것은 학원 내에서도 마찬가지였다. 참고로 라스엘에게도 세 명, 시엘에게는 한 명의 호위가 있었다. 아미엘은 국왕의 자녀가 아닌지라 호위는 없었다.

세 사람에게는 간단하게 현 상황을 설명하고 엘렌이 어째서 학원에 로벨과 함께 왔는지를 조사하라고 말했다. 가디엘은 그대로 오전 수업을 받아야 해서 움직일 수 없었다.

말 없는 포겔에게 가디엘의 호위를 맡기고 다른 두 사람은 온 학원을 뛰어다녔다.

"우선 저부터 보고하겠습니다."

라베의 보고에 가디엘은 고개를 끄덕였다.

"제가 찾은 것은 직원들의 소문입니다. 원래 엘렌 님의 존재는 알려지지 않았었다고 합니다. 알고 있었던 것은 학원장의 보좌인 측근과 치료과 교원 몇 명뿐이었습니다. 그것도 소문 정도였던지라, 놀란 사람이 대부분이었습니다."

"치료과……."

매우 알기 쉽다고 할까, 너무나도 노골적이라서 가디엘은 머리가 아파 왔다.

이 경우는 엘렌이 치료과에 흥미를 갖고 있기 때문, 이 아니다. 학원의 치료과 사람들은 연구 재료로서 엘렌의 약을 원했던 경위가 있었다.

연구 재료로서 약을 원한다며 학원장이 왕에게 탄원서를 보냈다는 이야기는 이미 들었다.

궁정 치료사들의 연구용 몫을 포함해 왕가는 반크라이프트가에 적지 않은 금액을 지불하고 있었다. 더욱이 치료와 연구에 쓴다고 해도 엘렌 측에서 약의 양을 제한하고 있어서 사려고 해도 살 수가 없다는 상황이었다. 그렇기에 왕은 학원의 요구를 거절해왔다.

학원이 반크라이프트가에도 약을 요구했다는 것은 이미 조사를 마쳤다. 반크라이프트가는 외부로 가지고 나가는 약에 관해서는 왕가가 관리해야 한다며 자신들의 영내 외의 다른 곳에는 주려 하지 않았다.

귀족으로서 왕가를 대우하는 방식에 다른 자가 참견할 권리는 없다. 학원장은 백작가이고 반크라이프트가는 공작가이니 더욱 그랬다.

그렇다면 하고, 창끝을 바꾼 것은 이해한다. 그러나 어째서 엘렌을 학원으로 불러들인다고 하는 발상으로 이어진 것인지는 수수께끼였다.

'그렇다면 이미 입학해 있는 라필리아를 가장 먼저 노릴 텐데……'

아니, 분명 유괴당하고 노려졌던 기억이 새롭다. 학원장이 그 정보를 파악하지 못했을 리가 없다.

라필리아 주변은 경계가 심하리라 판단하고 엘렌에게로 창끝을 바꾸었는지도 모른다.

하지만 시엘은 라필리아를 조심하라고 말했다. 그 판단에 가디엘은 고민했다.

엘렌은 텐바르 왕국의 귀족 명부에 올라 있지 않다. 아니, 오히려 올려서는 안 된다고 라비스엘이 엄명을 내렸을 터다. 그런데 어째서 학원장이 엘렌의 존재를 알고 있는지도 수수께끼였다.

'로벨 님이 엘렌을 학원에……? 아니 아니, 절대 아니지.'

그렇다면 라필리아와 함께 학원에 입학했을 것이다.

자문자답하던 가디엘은 침울해졌다. 저주받은 왕가의 사람이 몇 명이나 다니고 있는 곳에 엘렌을 다니게 할 리가 없었다. 그런 것쯤 아플 정도로 알고 있지 않았던가.

가디엘의 학원 생활은 앞으로 1년 남아 있었다. 그런데 그곳에 엘렌이 입학한다고 상상하자 가슴이 뛰었다. 하지만 곧바로 로벨의 검은 미소가 머릿속에 떠올라 순식간에 창백해졌다.

"…………."

잠자코 생각에 잠긴 가디엘을 세 사람은 조용히 지켜보았다. 얼굴이 화끈 붉어지는가 했더니 다음 순간에는 창백해지고 참으로 바빠 보였다.

그런 중에도 라베만이 가디엘의 사고를 읽은 듯 싱글벙글하며 말했다.

"엘렌 님의 입학은 로벨 님이 허락하지 않을 테죠."

"……윽!"

사고를 읽혔다며 가디엘이 얼굴을 새빨갛게 붉혔다. 가디엘이 입을 열어 변명을 하기 전에 라베는 계속하겠습니다~ 하고 가벼운 말투로 보고를 이어나갔다.

"엘렌 님이 여기에 온 것은 학원장이 반크라이프트가에 입학 수속을 하라며 재촉했기 때문인가 봅니다."

"뭐라고?"

그 말에 가디엘은 어리둥절해졌다. 이 나라에서 엘렌은 귀족으로 올라 있지 않건만 학원장이 엘렌을 입학시키라고 재촉했다고 한다.

"아니, 잠깐. 어째서 학원장은 엘렌에 관해 알고 있는 거지?"

"이전에 엘렌 님에 관해 소문이 나고 말았다고 말씀하지 않으셨습니까?"

포겔이 확인하듯이 그렇게 말했고 라베가 그것도 조사해 왔다며 말을 이었다.

"분명 엘렌 님의 존재는 반크라이프트령에서 소문이 났습니다만, 외부인은 엘렌 님을 본 자가 적은지라 여러 가지로 살이 붙었습니다. 그중에는 엘렌 님이 로벨 님의 정령이라는 소문이 있을 정도입니다. 그리고 반크라이프트가가 주문하는 소녀의 드레스 사이즈가 두 종류라는 소문이 있었습니다."

엘렌과 라필리아는 같은 나이지만 체격이 전혀 달랐다. 그 탓이리라.

"……주의가 부족했다고 해야 하려나?"

"반크라이프트의 영지 내라면 괜찮았을지도 모르지만, 최신 드레스는 왕도에 발주해야 하죠. 감추려고 해도 정보는 바로 누설되었을 겁니다."

"뭐, 결정타는 학원장이 라필리아 님에게 연구 목적으로 약에 관해 물은 것이라고 합니다. 함께 있던 치료과의 교원이 그렇게 증언했습니다."

"……설마."

"그 설마입니다. 라필리아 님이 엘렌 님에 관해 직접 알려주었다고 합니다."

"라필리아……."

한숨밖에 나오지 않았다. 유괴된 후에 사우벨에게 이런저런 주의를 받았을 터인데, 전혀 이해하지 못했던 것인가 싶어 가디엘은 기가 막혔다.

그러나 라필리아는 원래 서민이었으니 높은 지위의 사람에게 질문을 받으면 솔직하게 대답하는 것 외에는 선택지가 없다고 생각해도 어쩔 수 없었다.

자신이 공작가라는 위치에 있어도 어린 시절부터 교육받아온 자와는 다르게 애매한 인식밖에 없는 것이다.

학원장은 약이 필요해 소문을 조사하고 엘렌이 관련되어 있다고 판단했으리라. 혹은 영웅이 매우 사랑하는 딸을 미끼로 로벨과 거래를 하려 한 것인지도 모른다. 실제로 이 학원에 로벨이 나타나기도 했다.

"아니, 잠깐."

가디엘은 무언가가 걸렸다. 엘렌의 보복에 당한 일은 기억에 새롭다. 라비스엘까지 농락했던 그 수완을 생각한다면 학원장 따위는 대수롭지 않을 것 같았다.

"엘렌의 목적은 다른 데 있나……?"

"전하?"

"흐음……."

생각에 잠긴 가디엘을 방해하지 않도록 세 사람은 입을 다물었다.

엘렌은 가족에게 손을 대지 말라고 가디엘에게 경고했던 적이 있었다. 그 순간 시엘의 말이 떠올랐다.

"라필리아가 노려지고 있는 건가……?"

"뭐라고요?"

가디엘의 중얼거림에 세 사람이 놀란 얼굴을 했다.

"시엘이 말했다. 라필리아를 조심하라고."

"시엘 님이……."

놀란 트루크가 중얼거렸지만 그쪽이 더 와 닿았다.

"엘렌을 학원에 입학시키다니, 로벨 님이 허락하실 리 없지. 하지만 엘렌은 왔다. 입학을 거절할 뿐이라면 폐하에게 이야기하여 압력을 넣으면 돼. 편지를 몇 번이고 보낸 학원장에게 짜증이 난 로벨 님이 직접 거절하러 왔다고 해도 납득할 수 있지. 그러나 그녀는 온 힘을 다해 밖으로 나오는 일을 피하고 있었을 텐데, 어째서 여기 있는 거지?"

"확실히……."

엘렌은 가족을 위해서라면 수단을 가리지 않는다. 라필리아 유괴 때도 라비스엘의 책략이라는 사실을 알면서 굳이 가디엘에게 협력을 구했을 정도였다.

"엘렌은 왕가에 부탁한다고 하는 수단은 가능한 한 피할 테지만, 이용해야 할 때는 이용할 거야. 하지만 학원에 오지 않으면 안 될 이유가 달리 있다고 한다면……?"

엘렌의 입학을 독촉한 데에는 다른 무언가가 있는 느낌이 들었다.

엘렌이어야 할 필요가 있다고 한다면……. 하지만 그것이 무엇인지 가디엘은 알 수 없었다.

"트루크는 어떻지? 뭔가 알아낸 게 있나?"

"시엘 님의 정보를 확인했습니다."

트루크의 말에 가디엘이 고개를 끄덕였다. 정보에 오류가 있을 가능성도 있으니 이러한 확인은 중요했다. 그대로 받아먹은 정보에 발목을 잡히는 일도 얼마든지 있다.

"틀림없습니다. 학원장과 측근은 확실합니다. 주변에 타국의 첩자도 있는 모양입니다."

"그런가…… 알았다. 계속해서 잘 부탁한다."

"명 받듭니다."

학원장은 타국과 연결되어 엘렌의 약을 원하고 있다. 이것이 시엘이 가르쳐준 정보였다. 현재 엘렌의 약은 소문이 소문을 낳아, 주변 각국에서도 요구하는 목소리가 높아지고 있었다.

엘렌이 왕가를 통하면서 그러한 거래가 직접 반크라이프트가로 가는 일은 라비스엘이 저지하고 있었지만, 어느 나라가 학원장을 꼬드겼으리라.

학원장은 대대로 학원을 관리하는 베른드르 백작가의 사람이다. 학원은 유학 제도가 있기 때문에 타국의 첩자가 파고들기 매우 쉬웠다. 왕가는 그러한 경우를 염려하여 다양한 곳에 왕가의 사람을 심어두었다.

이 나라의 귀족이 타국과 손을 잡고 왕가를 능멸한 일이 발각된다면 그 앞에는 단죄가 기다린다.

앞으로 벌어질 소동을 생각하자 가디엘의 미간에 잡힌 주름이 점점 깊어졌다.

'어찌해야 할지…….'

가디엘이 한숨을 내쉬려니 트루크가 전하, 그 외에도……라며 말하기 곤란한 듯 입을 열었다.

"뭐지?"

"베른드르가의…… 흄 님이 이 건과 관계가 있을 가능성이 있습니다."

흄은 이전 반크라이프트령에 숨어들었을 때 동행했던 궁정 치료사였다.

가디엘과 같은 나이면서 능력이 뛰어났고, 학원생이면서도 이미 궁정 치료사로서 활약하고 있었다.

흄 베른드르. 학원장의 후처가 데려온 아이로, 양자라는 것은 알고 있었다. 하지만 설마 싶은 마음을 숨길 수 없었다.

"그때부터인가……?"

반크라이프트령에 동행했던 이유가 엘렌의 존재를 확인하기 위함이었을지도 모른다고 생각하며 분노를 감추지 못하고 있던 가디엘은 문득 의문이 떠올라 고개를 갸웃거렸다.

"아니, 그렇다면 어째서 엘렌의 일을 학원장에게 전한 것이 라필리아지……?"

현지에 간 자가 가족 중에 있다면 가장 먼저 가족에게 물을 터다.

'하지만 흄은 뭔가 알고 있을 거야.'

가디엘의 생각이 통했는지 세 사람이 동시에 고개를 끄덕였다.

"흄 님 주변도 파보겠습니다."

가디엘은 이 사태를 가장 먼저 눈치챘어야 했다. 아무것도 모른 채 느긋하게 보냈던 자신이 부끄러웠다.

"뭔가 달리 알아내면 가르쳐줘. 그리고…… 엘렌에게는 들키지 않도록 주의해줬으면 한다."

"……전하?"

호위들은 놀란 표정을 했다. 가디엘은 별일이라고 말하는 그 시선이 견디기 힘들었다.

엘렌이 학원에 왔다는 소식에 안절부절못했던 것을 세 사람은 알고 있었다.

이 정보를 당장 엘렌에게 전하러 가리라고 생각했는지, 괜찮겠습니까? 하고 확인까지 해 왔을 정도였다.

"엘렌은 엘렌대로 움직이고 있을 거야. 아직 그게 뭔지는 모르지만…… 아무튼 학원장의 꿍꿍이는 왕가가 저지해야만 한다. 왕가의 위신을 이 이상 떨어뜨릴 수는 없어."

"훌륭하십니다."

세 사람은 어릴 때부터 가디엘 옆에 있었다. 다정한 가디엘이 거친 파도에 휩쓸리며 성장해가는 모습을 자랑스럽게 생각했다.

"엘렌 님에게 이 이상 못난 모습을 보일 수는 없으니까요."

라베의 말에 움찔 어깨를 떠는 가디엘을 보고 세 사람은 어라? 하고 고개를 갸웃거렸다.

"……무슨 일이 있었군요?"

"아니! 아무것도 아니다! 아무것도 아니라고?!"

거짓말을 너무 못하는 주인의 모습에 세 사람은 한숨을 내쉬었다. 이건 분명히 뭔가 있었구나 하는 시선에 마음이 불편해진 가디엘은 억지로 이 자리를 마무리했다.

그리고 시엘에게 들었던 「기분 나쁘다」라는 말을 떠올리고 만 가디엘은 다시 풀이 죽었다.

'이 이상 엘렌 주변을 어슬렁거리다 그렇게 여겨지는 것만은 피해야 해…….'

그러나 계속해서 들어오는 로벨 일행의 소문에 가디엘은 한동안 고민을 계속하게 되었다.

# 제13화 정령의 은혜

오후 수업은 훈련장에서 로벨의 전투 훈련을 진행하기로 했다.

소문을 들은 다른 과의 사람들까지 밀려들었다. 학생들 사이에서 교사들까지 눈을 빛내고 있었던지라 로벨은 한숨을 내쉬었다.

엘렌과 반은 방해가 되지 않도록 떨어진 곳에서 로벨과 그 보조를 맡은 카이를 지켜보았다.

"아버지는 인기인이네요~."

"저도 놀랐습니다. 역시 공주님의 아버님이십니다!"

가족이 인기인이라는 것은 역시 자랑스러운 일이었다. 로벨은 반 정령화되었기 때문에 오리진을 부르지 않아도 독자적으로 마법을 쓸 수 있었다.

영웅의 정령 마법 실연이라며 기대하는 주변의 목소리가 대단했다. 될 대로 되라는 심정인지, 엘렌에게 멋진 모습을 보여주려는 것인지 로벨은 언제나 눈에 띄지 않도록 마법을 써왔건만 이번에는 무척 화려했다.

로벨의 능력은 『결계』로 방어가 특기인가 싶지만 의외로 변형이 다양했다. 검에 결계를 두른 강화는 물론이고 오리진의 능력을 간접적으로 사용해서 속성을 만들어내는 등 다채로웠다.

검을 한 번 휘두르면 충격파가 일었고 위에서 휘둘러 내리치면

지면조차 베어 갈랐다.

폭격음과 함께 그에 지지 않을 만큼 커다란 사람들의 환성도 폭음이 되어 온 학원에 울렸다.

그 소리에 이끌려 무슨 일이냐며 사람들이 점점 더 모여들었다. 이래서는 위험하겠다 싶었는지 반이 엘렌을 안아 들고 사람들 눈에 띄지 않는 상공으로 날아올랐다. 그리고 두 사람은 위에서 로벨을 지켜보았다.

로벨의 실연을 보고 정령 마법사가 되면 저런 것도 가능하냐며 모두가 눈을 빛냈지만 본래 정령 마법사에게 그런 일이 가능할 리 없었다. 로벨의 심술에 엘렌은 쓴웃음을 지을 수밖에 없었다.

"그나저나, 공주님…… 로벨 님께 들으셨습니까?"

"뭘 말이야?"

"아, 아뇨…… 죄송합니다. 아무것도 아닙니다."

"……?"

무슨 일인가 싶어 눈을 깜빡이고 있는데 반은 뭔가 곤란한 표정을 지었다.

"반 군?"

"…………"

반의 모습이 평소와 달랐다.

무엇이든 다 말해오던 사이이건만 엘렌이 로벨에게 듣지 못했다는 사실을 알고 입을 다물어버렸다.

두 사람 사이에 어쩐지 무거운 공기가 내려앉았다. 하지만 이것은 로벨이 아직 엘렌에게 이야기하지 않은 것을 먼저 이야기해도 괜찮을지 모르겠다, 라고 생각한 것이리라 깨달았다.

"아버지한테 연락이 필요해?"

"네, 네! 아마도……."

"알았어."

"……공주님, 죄송합니다."

"아니야, 괜찮아."

엘렌은 반에게 생긋 웃어 보였지만 반은 어쩐지 씁쓸한 표정을 짓고 있었다.

그 모습에 엘렌은 불안해졌다. 이런 표정의 반은 처음 보았다.

가능한 한 「신경 안 써~」라는 뜻이 전해지도록 시선을 앞으로 돌렸다. 곁에 있는 자의 고뇌를 눈치채는 것은 매우 중요한 일이지만 빤히 보아도 괜찮은 것은 아니었다.

그러나 반이 무언가 고민하고 있다면 이야기해주기를 바라는 마음이 가슴속에서 소용돌이쳤다.

엘렌은 의식을 바꾸기 위해 로벨을 보았다. 시작부터 로벨의 독무대가 된 훈련 풍경은 과거 반크라이프트가의 저택에서 사용인과 함께했던 숨바꼭질을 떠올리게 해 쓴웃음을 짓고 말았다.

그때도 로벨은 웃으면서 사용인들을 쫓아다녔다. 그 모습은 일종의 공포 영화 같았다.

'그러고 보니 아직 조사에 관해서 제대로 이야기 나누지 않았으니까…… 그 일이려나?'

반의 모습이 아무래도 혼자 고민하고 있는 듯도 보여 마음이 쓰였다.

로벨에게 상담은 하고 있는 모양이었으나 자신에게는 알려주지 않는다는 사실에 쓸쓸함이 가슴에 남아버렸다.

'이런 일이 있는 것도 당연한데, 언제나 다 함께 이야기해서……'

엘렌은 자신이 어리광을 부리고 있다는 것을 깨닫고 반성했다.

게다가 다른 사람도 아닌 로벨들이다. 분명 나중에 알려주리라. 엘렌은 또 의식하고 말았다면서 반성했다.

생각해서는 안 된다며 머릿속에서 밀어내고, 다시 로벨에게로 의식을 돌렸다.

'안 돼, 안 돼. 앞으로 건물 조사도 해야 하는걸……'

학원을 조사하려고 해도 아직 전혀 짚이는 바가 없었다. 마음을 다잡고 서둘러야 한다 생각한 엘렌은 다시 기합을 넣었다.

이 수업이 끝나면 로벨과 찬찬히 작전을 짤 필요가 있었다. 로벨의 독무대를 멀리서 바라보며 동시에 앞으로의 작전을 생각했다.

일단 사이에 휴식 시간을 둔 모양인지 로벨이 엘렌을 찾으며 두리번거리고 있었다. 아무래도 이번에는 로벨 대 여러 학생으로 모의전을 하는 모양이었다. 언제까지고 하늘이 있다간 눈에 띄어 소동이 벌어질지도 모른다.

장소를 바꾸자고 말한 뒤 반이 발을 디딜 수 있는 곳으로 전이해주었다.

기사과와 정령 마법과 공동 연습장은 콜로세움처럼 원형으로 되어 있었고 관객용 2층 좌석이 있었다. 의자가 준비되어 있기에 그 가장 끄트머리로 가서 반이 엘렌을 앉혔다.

"저렇게 인원 차이가…… 괜찮을까?"

엘렌이 걱정하며 말하자 「로벨 님은 괜찮습니다」 하고 반이 안심시키듯 격려해주었다.

"아, 아니, 상대편분들이……."

엘렌의 말에 반은 잠시 아무런 대꾸도 없었다. 「인간의 사정을 봐줄 필요가 있습니까?」라고 진심으로 이상하다는 듯이 말하는지라 엘렌은 더욱 걱정이 되고 말았다.

연습장으로 시선을 돌리자 1대 수십 명. 너무나도 큰 차이에 눈을 크게 뜨던 순간, 조금 전 들은 로벨의 이명을 떠올리게 하는 일이 일어났다.

로벨은 살벌한 미소를 흩뿌리면서 그야말로 즐거운 듯 검을 번뜩이며 휘둘렀다.

로벨의 검에는 마법이 걸려 있었고 순식간에 돌풍을 일으켰다. 강풍을 받은 대전 상대들은 버티지 못하고 날려갔다.

순식간에 어찌할 도리도 없이 때려눕혀져 가는 대전 상대들은 인원수가 줄어들수록 점점 겁먹은 모습을 보였다. 그 두려움에 추가타를 날리듯 로벨은 계속해서 웃었다.

"죽음을 관장하는 미소의 기사란 바로 이거군요. 아버지 즐거워 보여요."

"이 얼마나…… 무시무시한……."

부르르 몸을 떠는 반의 꼬리와 귀가 쫑긋 섰다. 엘렌은 그것을 눈썰미 좋게 포착했다.

마치 고양이 눈앞에서 흔들리는 강아지풀처럼, 엘렌 앞에 나타난 꼬리. 이건 상이다.

"에잇~!"

"으아앗! 공주님?!"

반의 꼬리를 잡고 부비부비 문지르자 반은 얼굴을 붉히고 한숨을 내쉬었다.

"으음…… 방심하면 바로 풀려버리는군요. 저도 정진해야겠습니다."

"어~?"

반의 머리에서 불쑥 나왔던 둥그스름한 호랑이 귀가 움찔움찔 움직이더니 휙 하고 귀와 꼬리가 사라지고 말았다.

상이 사라지고 말았다며 자신도 모르게 낙담하고 있으니 반이 당황해서 로벨 님께 주의를 받았다고 설명해주었다.

"인간계에서 정체를 들키면 성가시다고 하셨습니다."

"아아, 그러네. 나도 모르게 장난을 치고 말았어. 미안해."

하지만 여전히 아쉬운지 힐끔 귀가 있던 곳을 보고 말았다. 그 시선을 눈치챈 반은 다른 사람들의 눈이 없을 때는 괜찮다고 허락해주었다.

언제나 폭신폭신함을 만끽하고 있었지만 반이 마음을 써준 것이 기뻐서 엘렌은 방긋 웃으며 감사 인사를 했다.

겨우 평소의 대화로 돌아온 것에 엘렌은 안심했다.

바로 그때, 연습장에서 환성이 일었다. 로벨의 무쌍이 끝난 모양이었다.

　"아, 끝났네요."

　반과 장난을 치느라 보지 못했지만 크게 상관없겠지 싶었다. 이제 괜찮을 거라 생각해 반과 함께 로벨의 곁으로 가자, 주변의 시선을 독점하게 되고 말았다.

　"아버지, 고생하셨어요!"

　"엘렌, 봤니? 아버지 멋졌지?"

　"아, 죄송해요. 안 봤어요."

　아무렇지 않게 대꾸하자 충격을 받은 로벨이 단번에 무너졌다.

　그렇게나 무쌍을 펼치던 로벨이 딸의 한마디에 당해버려서 주변이 놀랐지만, 그것을 옆에서 보고 있던 무스켈은 으하하 하고 웃었다.

　"부모는 자식한테 못 이기죠."

　"정말이야…… 이길 수 있을 것 같지 않아."

　로벨의 진심에서 우러난 진지한 목소리가 주변의 웃음을 부른 듯, 주위가 웃음으로 가득했다.

　로벨은 엘렌을 안아 들고 무스켈과 함께 집무실로 돌아가기로 했다. 그 도중에 엘렌은 몰래 「아버지 멋졌어요!」 하고 칭찬했다. 그 말에 로벨은 흐뭇해졌다. 만족스러워하는 로벨의 얼굴을 보고 무스켈은 또다시 웃었다.

　오후 수업은 끝났고 학생들은 이제부터 자유행동인 모양이었다.

동아리 활동 같은 시스템은 없는지 각자 훈련 등에 몰두했다.

"학생들이 이쪽으로 몰려들지도 모르겠구나. 바로 이동하기로 할까?"

"네, 아버지."

카이와 반도 함께 이동했다. 그러자 얼쩡거리며 뒤를 쫓아오는 자들이 있었다.

"정말이지, 어쩔 수 없군. 엘렌, 부탁할 수 있을까?"

"알았습니다. 저는 카이 군을 데려갈게요."

로벨의 품에서 뿅 하고 뛰어내린 엘렌이 카이의 손을 잡으려 했다.

"공주님! 꼬맹이는 제가!!"

공주님을 번거롭게 할 수는 없다며 반이 그렇게 주장했다. 그 반응에 조금 놀라면서도 그럼 부탁해, 하고 반에게 맡겼다. 카이는 무슨 일인가 싶어 고개를 갸웃거렸다.

"무스켈 교관의 집무실로. 반, 부탁한다."

"알았습니다."

"그럼, 무스켈 교관."

"왜, 왜 그러시는지?"

눈을 크게 뜬 무스켈 교관의 어깨를 잡은 로벨은 엘렌의 손도 같이 잡고 전이했다.

그다음 순간에는 반과 카이도 전이했다.

모두가 사라진 복도에서는 뒤를 쫓아오던 학생들이 어리둥절한 표정을 하고서 주변을 찾고 있었다.

한순간 자신의 방으로 돌아온 무스켈은 눈을 크게 뜨고 주변을 둘러보았다.

"설마…… 이게 그 소문으로 듣던 전이인가!"

전이는 대정령과 계약한 자만이 은혜를 받을 수 있다고 하는 마법이었다.

처음 경험해본 무스켈은 어린아이로 돌아간 듯 「이건 편리하군요!」하고 흥분했다.

로벨은 이 마법을 학원생 시절부터 아기엘에게서 도망치기 위해 일상적으로 사용하고 있었던지라, 주변 사람들에게 선망의 시선을 받았다고 한다.

참고로 정령은 전부 전이를 할 수 있다. 하지만 계약한 상대가 그 은혜를 받기 위해서는 대정령 이상이어야 했다. 그렇지 않으면 힘이 부족해 쓸 수 없다.

반은 대정령으로 승격한 참이었지만 카이를 전이시키는 일이 가능할 만큼 착실하게 힘을 키우고 있었던 모양이었다.

반과 카이가 전이해 온 순간 카이는 바닥에 내던져졌다.

"으아아!"

데굴데굴 바닥을 구르고 만 카이는 무슨 일이 일어난 것인지 이해하지 못했다.

"카, 카이 군! 괜찮아?"

"음. 미안하다. 꼬맹이."

아직 힘을 잘 조절하지 못하는 반에게 화가 나지만 화낼 수 없는 카이는 뚱한 눈으로 반을 보며 조용히 시선으로 항의를 했다.

"음…… 뭐냐? 꼬맹이. 해볼 테냐?"

카이와 반 사이에서 파직파직 하고 불꽃이 튀었다. 엘렌은 당황해서 허둥지둥 두 사람 사이에 끼어들었다.

"정말~! 두 사람 다, 떽!!"

이런 데서 싸움을 하면 안 된다고 주의를 주는데 어째선지 두 사람은 엘렌의 등 뒤를 보고서 얼굴이 새파래지더니 끄덕끄덕 고개를 끄덕였다.

어리둥절해하며 뒤를 돌아보자 로벨이 싱긋 웃어 보였다.

"엘렌, 두 사람은 내버려 두고, 이쪽으로 오렴."

로벨에게 손을 잡혀 이끌려간 곳은 로벨의 무릎 위였다.

점심을 먹던 때와 마찬가지로 무스켈을 맞은편에 두고 로벨과 함께 소파에 앉았다. 하지만 로벨과 무스켈이 이야기를 나누는 사이, 엘렌은 신경이 쓰여 반과 카이 쪽을 힐끔 보았다.

두 사람은 반성하면서도 슬쩍 눈을 맞추고 여전히 불꽃을 튀기고 있었다.

조금은 사이가 좋아진 모양이라고 생각하자마자 이러나 싶어 엘렌은 곤혹스러웠다.

반과 카이가 이런 상태로 괜찮을까 걱정이 되었던 것이다.


로벨이 무스켈과 쌓인 이야기를 나누는 사이에 반에게 카이를 데리고 학원의 수상한 곳을 조사하라는 지시가 로벨에게서 염화로 전해졌다.

그 지시를 반이 카이에게 몰래 전달했고 카이와 반은 방을 나섰다. 복도로 나오자마자 두 사람 사이에서는 다시 불꽃이 튀었다.

엘렌은 로벨이 반에게 염화로 무언가 지시를 내렸다는 것을 눈치챘다.

조금 전 반의 태도가 걸렸던 엘렌은 무어라 말할 수 없는 기분이 되고 말았다.

\*

복도로 나온 두 사람은 그대로 서로 옆을 힐끔 보았다. 시선이 마주친 순간 두 사람은 동시에 미간에 주름을 잡았다.

".............."

".............."

서로 말없이 노려보다 반이 홱 시선을 돌렸다.

그리고 갑자기 반 주변에서 바람이 일었다. 살랑, 반의 머리카락이 바람에 흩날렸다. 반은 눈을 감고 무언가에 집중하고 있는 듯했다. 뭔가 마법을 쓰고 있는 것이리라.

그것을 잠자코 지켜보며 카이는 오전에 받은 로벨의 수업을 떠올렸다.

『적성이 있는 자는 열 살이 되기 전에 자연스레 계약한 자가 대부분이다.』

그 로벨도 일곱 살 때 계약을 했다. 이 은혜는 정령의 변덕. 설령 갈망한다 해도 모든 것은 정령 마음인 것이다.

'눈앞에 대정령이 있건만…….'

마음에 들기는커녕 관계는 최악이었다. 본래 대정령을 앞에 두면 숭상해야 한다는 것은 알고 있었다. 그러나 엘렌과의 사이를 생각하면 질투하지 않고는 배길 수 없었다.

알베르트에게 들은 이야기로는 알베르트의 생명의 은인인 엘렌. 이러한 분을 주인으로 섬기고 싶다고 카이는 간절히 바랐다.

실제로 직접 만나 한번 본 순간, 카이에게 있어 엘렌은 동경이 되었고, 그리고 반드시 주인이 되어주기를 바랐다.

여전히 로벨과 반에게 인정받지 못하고 있다는 것을 알고 있었다. 아버지가 벌인 일이 원인이 되어 신뢰는 제로보다 낮았다. 말로만 약속하고 방치한다 해도 어쩔 수 없는 일이건만 엘렌은 그런 분위기를 민감하게 느끼고 카이에게 마음을 써주었다.

카이는 그 다정함을 겪고 기대하지 않을 수 없었다. 이분을 지키고 싶다고 진심으로 바랐지만 엘렌의 주변은 완벽하다 해야 할 상대가 지키고 있었다.

이 나라의 영웅인 로벨. 그리고 대정령 반.

보잘것없는 인간에 어린아이가 도움이 될 리 없었다. 그런 사실은 뼈저리게 알고 있었다.

이전에 반에게 들었던 말이 카이의 가슴을 후벼팠다.

『불만투성이다. 애송이가 대체 뭘 할 수 있지? 로벨 님도 납득하지 못하고 계시지 않았나?』

그랬다. 자신은 인정받지 못했다. 아무것도 할 수 없다. 힘 같은 건 없다. 실제로 라필리아가 유괴되었을 때는 아무것도 하지 못했다.

카이는 분하게 여기며 주먹을 움켜쥐었다. 뿌드득, 소리가 날 정도로 힘을 실었는지 반이 문득 고개를 들었다.

"……뭐냐."

"……뭐, 라니?"

"불만이 있으면 냉큼 말해."

"뭐?"

반의 말에 카이는 눈을 깜빡였다. 아무런 말도 하지 않았고 그런 태도를 취한 기억도 없었다.

"나는 바람을 관장한다. 지금, 사람들의 소문을 바람에 실어 듣고 있었다만…… 네 마음의 소리와 주먹을 움켜쥐는 소리가 불쾌하다."

"뭐……?"

마음의 소리라는 말을 듣고 덜컹 심장이 내려앉았다.

"공주님이 말씀하셨다. 이건 심리학, 이라고 하는가 보더군. 너한테서 불만의 소리가 들린다."

모든 것을 꿰뚫어 본 반의 말에 카이의 심장이 요란한 소리를 냈다. 적에게 들켜선 안 될 것을 들킨 듯한 초조한 기분이었다.

"대체 뭐냐. 무슨 말을 하고 싶은 거지?"

"……………."

자신이 하고 싶은 말은 무엇일까?

자문자답한 순간, 그것이 무엇인지 갑자기 납득이 되었다. 가까이 다가온 적성 검사에서 자격이 없다는 말을 들을까 두려워하고 있는 자신의 마음을 깨달았던 것이다.

그중에서도 특히 눈앞에 대정령이 있건만 로벨이 말하는 변덕조차 일으키지 않고 있다는 사실이 있었다.

엘렌의 적은 가늠할 수 없을 만큼 크다. 현재 이 나라의 왕족을 상대로 엘렌은 정령으로서, 반크라이프트가의 사람으로서 대치하고 있었다.

카이는 로벨의 힘을 보고 그 정도의 힘이 아니면 엘렌을 지킬 수 없는 것이 아닐까 하는 불안을 느꼈다.

"당신은……."

"뭐?"

"당신은 누군가와 계약을 하실 겁니까?"

카이의 말에 눈을 크게 부릅뜨며 놀라는 반. 그 모습을 눈앞에서 본 카이는 망연자실했다.

"설마……."

학원에는 사람이 많다. 게다가 적성 검사를 받는 열네 살인 이들이 재적해 있으며 조만간 계약 의식이 기다리고 있었다.

적성 검사 전에 반은 상대를 발견해버린 것이 아닐까?

"……로벨 님에게 들은 거냐?"

거북해하는 반의 말에 카이는 적지 않은 충격을 받았다.

반과 계약한 다른 인간이 앞으로 나타난다면 엘렌의 호위는 그쪽이 맡게 될 가능성이 있었다. 자신은 버려지고 마는 것이 아닐까? 카이의 사고는 나쁜 방향으로 빙글빙글 돌아갔다.

"아뇨, 로벨 님께는 아무런 말도 못 들었습니다."

반을 노려보며 그렇게 말하는 카이의 태도에 반은 혼란스러웠다.

사정을 듣지도 못했는데 어째서 불만스러운 태도를 취하는 것인지 반은 이해할 수 없었다.

"너, 대체 뭐냐?"

"……당신은 그렇게나 나를 쫓아내고 싶은 겁니까?"

"뭐……?"

"저를 반드시 인정하게 할 겁니다!"

카이는 스스로 무슨 말을 하는 것인지 잘 이해하지 못하고 있었지만, 설령 반이 계약한 새 호위가 온다고 해도 절대 지금의 자리는 양보하지 않겠다는 마음만이 커져 있었다.

갑작스러운 선언에 반은 눈을 크게 끔벅였다.

반은 조금 전까지 불만으로 가득하던 소리가 갑자기 멈추었다는 것을 눈치챘다. 카이는 자신의 말에 납득하며 속 시원한 기분이 되었다.

그러고 보니 반이 슬쩍 상담했을 때 엘렌이 말했었다. 카이는 인정받기 위해 노력하는 사람이라고.

'공주님…… 저는 심리학이라는 걸 잘 모르겠습니다…….'

한숨을 내쉬며 「성가신 꼬맹이야」라고 중얼거린 반은 작업을 재개했다.

*

라필리아의 오전은 학원장의 설교로 끝나고 말았다. 라필리아는 서둘러 점심을 먹고 큰아버지 일행을 찾아가려 했지만 그 행방은 알 수 없었다.

그저 학생 식당에서 기사과 학생들이 영웅이 교실에 왔다며 들떠 소란을 피우고 있었다. 그 소문에 귀를 쫑긋 세우고 있으려니 여봐란듯이 「어머 어머」 하는 소리가 등 뒤에서 들려왔다.

"남성분들의 소문 이야기에 그렇게나 관심을 두다니, 정말이지 천박하네."

키득키득 웃는 것은 왕족인 아미엘이었다.

왕족이기 때문일까. 같은 나이일 터인데도 아미엘에게는 관록이 있었다. 다만 대부분의 사람들은 얽히기를 꺼리며 아미엘을 멀리했다. 예상대로 아미엘과 라필리아의 주변에서 사람들이 빠르게 사라졌다.

아미엘은 역시 왕족인 만큼, 곁을 지키는 사람이 몇 명 있었다. 그 몇 명은 같은 숙녀과의 세 여학생이었다. 그 세 명은 사사건건 라필리아를 무시했다.

초반에는 어째서 처음 만나는 이들에게 미움을 받는지 이해하지 못했다. 그러나 아미엘의 추종자라는 사실을 알고부터는 적이었다.

아미엘은 그 특수한 성장 배경 탓에 고립되기 쉬웠다. 그런 그녀에게 사촌인 가디엘과 라스엘이 언제나 마음을 써주었다.

그 은혜를 노리고 클래스메이트인 세 사람은 단물을 빨겠다며 아미엘에게 접근한 모양이었다.

라필리아로서는 그야말로 마음에 들지 않는 일이었다. 가디엘들과 이야기할 때마다 아미엘과 추종자들이 방해를 하고 들었다. 그리고 틈을 보고 라필리아를 비웃는다.

아미엘이 고립되는 것은 이러한 고압적인 성격 때문에 미움을 받아서라고 크게 말하고 싶었다.

"어머, 큰아버지 이야기를 하는 것 같길래 가족 일이라 신경이 쓰였을 뿐이랍니다."

일부러 『큰아버지』와 『가족』이라는 말을 강조했다.

영웅 이야기를 하던 남자들은 영웅의 가족이냐며 라필리아에게 다가갔다.

"맞아. 큰아버지를 뵙고 싶은데, 어디 가셨는지 모르니?"

그 말에 남자들이 눈을 빛냈다.

"혹시 반크라이프트가의?"

"맞아. 그러니까……."

어서 알려달라고 말을 이으려 하던 라필리아는 남자들의 갑작스러운 태도 변화에 놀랐다.

"저기, 저기! 그 애가 영웅의 딸이라는 거 정말이야?! 엄청나게 귀엽던데! 소개해줘!!"

나도 나도 하고 남자들에게 둘러싸인 라필리아는 너무나도 놀라서 굳어지고 말았다.

"자, 잠깐 기다려! 엘렌 따위는 어찌 되든 상관없어! 큰아버지가 계신 곳을……."

"그 애, 이름이 엘렌이야?! 엘렌, 귀엽더라!!"

라필리아의 말 같은 건 전혀 듣지 않는 그들의 태도에 기가 막혔다. 그러자 뒤에서 무시하며 웃는 소리가 들려왔다.

"꼴사납네."

아미엘의 말에 울컥했다. 홱 돌아보며 한마디 해주려던 때 학생 식당의 사용인 전용 출입구 앞에 눈에 익은 남자가 서 있는 것이 보였다.

"카이! 기다려!"

라필리아의 제지에 카이는 딱 걸음을 멈추고 이쪽을 보았다.

"무슨 일이십니까?"

"너, 엘렌의 호위지? 큰아버지는 어디 계셔?"

"……."

"너, 내 말이 안 들려?"

"죄송하지만, 주인 나리께 알려드려도 괜찮다는 허락을 받은 적이 없습니다."

"뭐어?! 무슨 소리야? 너는 우리 저택의 사용인이잖아!!"

라필리아의 말에 주변에 있던 사람들이 조용해졌다.

카이는 기사과의 학생으로 아버지에 이어 2대가 반크라이프트가의 호위를 맡고 있는 가신이었다.

사용인과 같은 취급을 받을 만한 계급이 아니다. 그것을 이해하지 못한 반크라이프트가의 딸의 발언에 주변은 굳어지고 말았다.

가신의 자존심에 상처를 내는 말투를 쓴 것이다. 가신이 등을 돌린다 해도 이상하지 않았다.

"말씀드리겠습니다만, 제 주인은 엘렌 님과 그 아버님이신 로벨 님입니다. 당주인 사우벨 님과 확실하게 구분하고 있으니, 저는 당신의 하인이 아닙니다."

단호한 그 말에 라필리아는 눈을 크게 떴다.

"실례."

학생 식당의 사용인이 카이를 불렀다. 그 부름에 사용인 전용 출입구로 들어가는 카이의 뒤를 귀족이 쫓을 수도 없었다.

분노를 느끼는 라필리아의 등 뒤에서, 아미엘이 주변에 들리도록 목소리를 높여 말했다.

"당신, 최악이야."

라필리아는 무슨 말이냐며 미간을 좁혔다. 그러다 자신을 보고 있던 주변의 시선이 순식간에 달라졌다는 사실을 깨달았다.

조금 전까지 라필리아에게 다가왔던 남자들은 거리를 두고 이쪽을 보며 소곤소곤 이야기하고 있었다.

무슨 일을 저질렀다는 것은 알았지만 라필리아로서는 뭐가 뭔지 알 수 없었다.

"이 사람, 서민 출신이라 귀족으로서의 위치를 잘 모른답니다. 미안해요."

아미엘이 귀족을 대표하여 기사과의 학생들에게 사과했다.

남자들은 서민 출신이면서 모르는 거야? 하고 어이없어하며 이쪽을 보고 있었다.

"저, 저기……."

라필리아가 무언가를 말하려 한 순간, 주변 사람들이 뒤로 물러나 라필리아와 거리를 두었다.

얽히고 싶지 않다고 온몸으로 말한 것이나 다름없었다.

견딜 수 없어진 라필리아는 학생 식당에서 달려 나갔다. 그 뒤에서 숙녀가 뛰다니 조심성 없다고 비난하는 아미엘의 목소리가 또다시 들려왔다.


그 후로는 큰아버지가 계신 곳을 찾을 마음이 들지 않아 평범하게 오후 수업을 받았다.

하지만 이미 소문은 퍼져버렸는지 주변에서 소곤소곤 떠들고 있었다.

'대체 뭐야!'

점점 짜증을 느끼기 시작했을 무렵, 영웅이 기사과 학생들을 상대로 모의전을 하고 있다며 소란스러운 소리가 들려왔다.

"거짓말! 어째서 기사탑이야~~!!"

같은 반 여자아이들이 시끄럽게 떠들었다. 기사과와 숙녀과의 탑은 중앙탑의 앞뜰을 끼고 있어 극단적으로 거리가 떨어져 있었고 숙녀과는 이성 출입 금지였다.

'잠깐 있어봐. 큰아버지가 거기 있다면 엘렌도 거기에 있다는 말이잖아!'

라필리아는 엘렌에게 화가 났다.

수업이 끝나면 이번에야말로! 하고 의욕 넘쳤지만 라필리아는 이번에는 학생 출입 금지 건물에 로벨 일행이 머물고 있다는 것을 알고 낙담했다.

*

무스켈과의 대화가 끝나고 합류한 네 사람은 기사탑을 탐색하기로 했다. 엘렌은 카이에게 안내를 부탁했다. 엘렌은 일찌감치 탑의 내부 몇 곳을 점찍어 두었다. 학원장에게 받은 겨냥도와 대조해가며 문제의 장소로 향했다.

도중에 학원생 몇 명과 스쳐 지나갔다. 그중에는 카이의 지인도 있었고 카이를 불러 세우려 한 자도 있었다. 하지만 카이는 가볍게 묵례만 하고 입도 열지 않았다.

그 모습을 보고 깨달은 상대도 허둥지둥 묵례로 답했다. 마치 군대 같은 인사라고 엘렌이 감탄하고 있는데 그런 엘렌의 반응을 눈치챈 로벨이 웃었다.

"신기하니?"

"네?"

"건물을 보고 있나 했더니만, 드물게도 사람을 신경 쓰는 것 같아서."

"아, 네……."

평범한 학교와 같은 구조였다면 특별히 흥미도 느끼지 않았을 테지만 기사과 특유의 인사 방법 등은 신기해서 힐끔힐끔 보게 되고 말았다.

처음에 교실에 얼굴을 비추었을 때는 교관이 있어서 군대 같은 느낌의 인사도 수업 특유의 분위기인가 생각했었다. 그런데 자유 시간이 된 지금도 그것을 철저하게 지키는 모습에 놀랐다.

반크라이프트가는 기사 집안이지만 엘렌은 사람들과 최대한 얽히지 않으려 하고 있는지라 이러한 방식은 신기하게 보였다.

로벨은 당황하며 마주 인사를 하는 점에서 아직 들떠 있다고 지적을 했다. 원래대로라면 신분이 높은 사람이 멀리 보인 것만으로도 냉큼 통로 가장자리에 기립하고 지나치는 순간에 고개를 숙여야만 한단다.

'정말 대단하다…….'

설명을 듣고서 엘렌은 놀랐다. 어릴 때부터 이러한 교육을 철저히 한다는 사실에 감탄했다.

기사과의 설명은 본래 카이가 해야 했지만 로벨이 이때라는 듯이 의기양양하게 나서서 하고 있었다. 엘렌에게 멋진 모습을 보이고 싶은 것이리라. 카이는 그래도 전혀 개의치 않는지 로벨에게 「지금은 어떻지?」 하고 질문을 받았을 때만 대답했다.

"그러고 보니 정령계에도 군대 같은 게 있나요?"

목적하는 곳까지는 아직 조금 더 걸린다. 엘렌은 그사이에 궁금한 것을 물어보았다.

"있습니다. 조금 전 로벨 님의 이야기를 들은 바로는 형태는 크게 다르지 않습니다."

반의 말을 듣고 놀랐다. 정령계에서 살아왔지만 정령은 기본적으로 평화롭고 느긋하다. 무력을 내세워야 하는 적 같은 존재가 있다고는 생각하지 못했다.

그런 엘렌의 의문을 눈치챈 반이 키득 웃으며 설명을 시작했다.

"인간계의 기사 같은 존재라면, 정령계의 영아(靈牙)일 테죠."

"영아?"

"정령의 이빨, 이라는 의미입니다."

정령은 자연계를 관장하는 자가 대부분이다. 힘의 규모는 자연의 위협과 비슷하다. 때로 그것들은 개의치 않고 기분 내키는 대로 사납게 날뛰며 대규모 재해를 불러일으키기도 한다.

그리고 본능은 동물에 가깝다. 새로운 토지에 태어난 정령들에 의한 영역 다툼 등도 벌어졌다.

사람과 마찬가지로 연애를 하고 결혼하는 정령도 있는가 하면, 상위 정령들의 의향으로 아이들의 맞선 자리를 주선하기도 한다고 한다. 하지만 대정령끼리라면 재해 규모의 부부 싸움 등이 빈발하기도 한다.

영아는 경우에 따라서는 그러한 재해를 일으킬 법한 대정령들과 전투를 벌이거나 때로는 중재하여 진정시키는 역할을 맡고 있었다.

'분명 아버지와 어머니도······.'

로벨과 오리진이 술래잡기를 시작하면 정령성이 반파되는 일이 종종 있었다. 그때마다 엘렌이 귀신 같은 형상을 하고서 두 사람에게 무릎을 꿇게 한 뒤 저린 다리를 콕콕 찌르며 혼을 내기도 했다.

엘렌이 다리를 손가락으로 콕콕 찌를 때마다 로벨과 오리진의 비명이 메아리쳤다. 언뜻 보기에는 그다지 처참한 광경 같지 않건만 엘렌이 콕콕 손가락으로 찌르는 것만으로도 비명이 터져 나오는 상황이 도무지 이해되지 않았을 것이다. 정령들은 혼란스러워 쩔쩔맸다.

하지만 정령들은 평소 오락에 굶주린 존재였다. 점점 흥미를 느끼고 그 방식을 보고 배우며 정좌의 무시무시함을 맛보았다.

정좌의 무시무시함을 안 정령들은 엘렌을 화나게 하면 여왕들이 괴로워 비명을 지를 정도인 정좌를 당한다며 두려워하고 있었지만, 본인은 그 사실을 몰랐다.

오리진과 로벨에게는 엘렌이 있어서 영아가 나서지 않았다는 것을 엘렌만이 아니라 로벨들 또한 몰랐다.

"영아는 전투를 좋아하는 일족이 모여 있습니다······ 중재도 힘으로 하는 경우가 많죠."

감정의 기복이 격렬한 정령이 한 번 화를 내면 아무튼 진정될 때까지 기다릴 수밖에 없다. 그걸 억지로 막기 위해서는 힘으로 제지

하거나 봉인한다는 수단밖에 없었다.

"반의 모친이 총장이란다."

옆에서 로벨이 끼어들었다. 그런 건 전혀 몰랐던 엘렌이 「네에~?!」
하고 목소리를 높였다.

무심코 큰 소리를 내고 말았다며 엘렌은 자신의 입을 두 손으로
막았다. 힐끔 주변을 보니 엘렌의 큰 소리에 놀랐는지 기사과의 학
생들이 무슨 일이야 무슨 일이야 하고 엘렌 일행 쪽을 보았다.

탑의 중앙은 뻥 뚫린 나선 계단으로 되어 있는지라 엘렌의 목소
리가 다른 층까지 울린 모양이었다.

"죄, 죄송합니다……."

"말괄량이라니까."

로벨이 괜찮아 괜찮아 하고 엘렌의 머리를 쓰다듬었다.

"아직 엘렌한테는 이르다고 생각해서 인사를 시키지 않았어. 반
의 모친은 만나게 해달라고 시끄럽게 졸랐지만."

어깨를 으쓱이는 로벨을 보며 엘렌은 그러고 보니 반의 어머니와
는 만난 적이 없다는 사실을 떠올렸다. 엘렌이 만나고 싶어요! 하
고 반에게 부탁하자 그럼 이 일이 끝나면 어머님을 모셔 오겠습니
다 하고 약속해주었다.

"와~! 어떤 분일까?!"

엘렌의 흥미는 다할 줄을 몰랐다. 그러고 보니 빈트와 반은 그다
지 닮지 않았다. 반은 어머니를 닮았다고 한다.

그렇다는 것은 혹시 꼬리와 귀와 젤리가……?! 하고 엘렌이 눈을

반짝거리자 그 사실을 눈치챈 반이 발끈했다.

"공주님이 무슨 생각을 하시는지 알았습니다…… 제 복슬복슬과 젤리로는 부족하신 겁니까……?"

"앗?! 어떻게 그것을?!"

어떻게 알았냐며 엘렌이 무심코 자신의 뺨을 누르자 정곡이었다며 반이 중얼거렸다.

옆에 있던 카이도 조금 흥분해 있었다. 조용히 「더 대단한 젤리가……?」 같은 말을 중얼거렸지만 누구도 눈치채지 못했다.

충격을 받은 반의 모습에 엘렌은 당황했으나 이내 주목을 받고 있다는 사실을 깨닫고 장소를 바꾸자며 서둘렀다.

소란을 피우면 사람들 눈에 띈다. 저질러버렸다며 반성하던 엘렌은 스쳐 지나가는 학원생들이 키득키득 웃는 것을 깨달았다.

'……?'

신경이 쓰인 엘렌은 반에게 배운 소리를 줍는 마법을 시험해보았다. 엘렌의 경우는 바람을 조종한다기보다도 주파수를 조절해 라디오처럼 소리를 줍는다.

『교복을 입고는 있지만, 조그맣네~.』

『제일 저학년이라고 하면, 열두 살인가? 그런데도 아직 아빠 손을 잡고 다니잖아.』

『조그매서 잃어버릴까 봐 그러겠지.』

그 말이 맞다며 웃고 있었다. 그 사실을 깨달은 엘렌은 부끄러워졌다.

그것도 그러하리라. 이 학원에 재적한 학생은 모두 빠짐없이 부모 곁에서 떨어져 지내고 있다. 로벨 일행이 옆에 있는 것에 너무 익숙했던 나머지 엘렌은 그 사실을 전혀 눈치채지 못하고 있었다.

무심코 로벨의 손을 잡고 있던 손에서 힘을 뺐다. 살짝 빼보려고 해보았는데 그걸 눈치챈 로벨이 왜 그러니? 하고 묻듯이 손을 다시 꽉 잡았다.

그 힘에 퍼뜩 놀랐다. 엘렌을 걱정하며 로벨은 손을 놓치지 않도록 조심하고 있었다. 그것은 성이 얽히면 분별을 잃는 자신 탓이라는 것도 알고는 있었다. 그러나 한번 신경을 쓰기 시작한 탓인지 손을 잡고 있으면 키득키득 비웃음을 당하는 것만 같아서 침착해질 수 없었다.

"엘렌, 왜 그러니?"

"네? ……아뇨. 아무것도 아니에요."

생각을 하고 있었다고 무심코 답하자 「계단을 올라갈 때 딴생각을 하면 안 돼」 하고 로벨은 여전히 잡고 있던 손을 다정하게 꼭 잡아주었다.

불안한 때면 그 손의 온기에 마음 든든함과 안심을 느꼈을 터인데. 지금은 어쩐지 다른 느낌을 받아 마음이 불편했다.


목적하던 탑의 최상층에 도착하자 시야가 탁 트였고 엘렌은 퍼뜩 놀랐다. 학원에 온 본래 목적을 잊을 뻔했다며 사고를 곧바로 전환했다.

각 학과의 탑은 원형의 나선 계단이 밖과 안에 있었고 각 방은 감귤류를 동그랗게 자른 듯한 구조를 하고 있었다. 기사탑의 최상층은 트인 장소였고 벽 한 면에는 서적류가 죽 늘어서 있었다. 기사탑 최상층에 도서실 같은 광경이 펼쳐져 있을 거라고는 생각하지 못했던 엘렌은 놀랐다.

중앙에 기사 조각상이 설치되어 있었다. 그 바닥에는 앉을 수 있는 돌로 된 벤치가 놓여 있었고 주변 서적 등을 이곳에서 읽을 수 있게 되어 있었다.

"여기는 옛날, 기사 회의실로 쓰였던 장소라고 합니다. 지금은 과거의 전법과 전술을 기록한 사본들이 있는, 말하자면 공부방입니다. ……이용하는 사람은 매우 적습니다만."

쓴웃음을 짓는 카이에게 이끌려 엘렌도 웃고 말았다. 기사과의 학생은 신체가 자본인지라 대체로 밖에 나가 훈련을 하는 모양이었다. 그렇다는 것은, 지금 여기에는 사람이 없다고 하는 딱 좋은 상황이었다.

기사탑의 1층에는 넓은 방이 세 개 마련되어 있고, 그곳은 우천 시 훈련장으로 쓰인다고 한다. 겨냥도로 확인했을 때 엘렌은 무심코 방사능 표식이라고 중얼거렸을 정도로 구조가 똑 닮아서 웃고 말았다.

'그 1층이 훈련장이구나~.'

상당히 특이한 구조를 하고 있어 재미있었다. 그리고 어째서 최상층이 도서실처럼 되어 있는지 물었더니 이용자가 가장 적기 때문이라고 했다.

'이동이 귀찮다는 뜻……?'

계단을 오르내리기 싫은 것인지도 모른다. 어느 세계든 인간이란 편한 걸 선택하리라.

엘렌은 중앙에 있는 기사 조각상으로 다가갔다.

겨냥도에서는 각 탑에 두 군데씩 신경 쓰이는 곳이 있었다. 중앙의 이 기사 조각상은 중앙에 있는 나선 계단 바로 위에 설치되어 있었다.

'역시…… 뭘까? 이 기척은…….'

기사 조각상에서 아주 희미하지만 대정령의 기척이 느껴졌다. 처음에 느꼈던 중앙 탑에서도 같은 기척이 느껴졌다. 학원 곳곳에서 이 기척이 느껴지는 것은 대체 어찌 된 일일까?

기사 조각상을 더 자세히 살펴보았다. 이렇다 할 특징이 없는 평범한 석상으로 보였다. 다만 어떠한 세공이 되어 있는 느낌은 들었다.

단순한 석상이라기보다도 분수 같은 세공이 되어 있는 석상이라고 해야 할까?

'……분수?'

뭔가가 걸렸다.

무심코 집중해 찾아보았지만 물이 뿜어져 나올 만한 구멍 같은 게 있을 리도 없었다. 엘렌은 어슬렁어슬렁 조각상의 주변을 배회했다. 어떤 세공이 되어 있는 흔적이 없을까 하며 꼼꼼히 조사했다.

그러나 이렇다 할 것은 발견되지 않았다.

부루퉁한 얼굴을 한 엘렌을 보고 수확이 없다는 사실을 눈치챈 로벨이 다른 곳으로 가볼까? 하고 엘렌을 재촉했다.

"또 하나, 어쩌면 기사탑 입구에 있던 석판 주변일지도 몰라요……."

"으음~ 그곳은 사람들 눈이 많은데. 그쪽을 한 번 지나쳤을 때 뭔가 눈치챈 게 있었니?"

"아뇨. 언뜻 본 느낌은 여기와 같았어요……."

이 이상은 수확이 없다며 엘렌이 풀 죽었다. 학원생이 어슬렁거릴 시간대인 지금은 어찌 되었든 움직일 수 없다. 일단 오늘은 일단 여기까지 하자고 로벨이 마무리를 지었다.

# 제14화 학원장의 아들

로벨과 함께 숙박할 곳으로 안내를 받아 가보니 그곳은 임시로 교원들이 묵는 건물인 듯 학생의 출입이 금지되어 있었다. 카이는 학원생이지만 엘렌의 호위라는 명목으로 건물 출입을 허가받았다.

안내받은 방은 마치 스위트룸처럼 넓고 설비도 잘 갖춰져 있었다. 아무래도 귀족 전용의 방인 모양이었다.

거실에서 다 함께 쉬며 이야기를 나누고 있는데 카이가 로벨에게 보고를 했다.

"로벨 님, 말씀드리고 싶은 게……."

카이가 말끝을 흐리며 무언가를 보고했다. 그때 엘렌은 반이 인간화를 풀고 있어서 마음껏 복슬복슬을 즐기느라 눈치채지 못했다.

"반 군, 털을 빗질해줄게!"

"공주님께서 직접…… 참으로 황송합니다."

뒹굴 무방비하게 배를 드러낸 반. 엘렌은 털이 엉키지 않도록 우선은 손으로 털을 정리해가며 빗을 천천히 움직였다.

반은 기분 좋아서 깜빡 눈을 감았다. 로벨은 그 모습을 멀리서 지켜보며 카이의 보고를 들었다.

"……라필리아가?"

"네. 주변의 시선도 있었으니, 한동안은 소문이 나돌지 않을까 싶습니다……."

"사우벨 녀석은 대체 뭘 가르치는 건지."

귀족으로서 있을 수 없는 행위였다. 하인과 가신의 구별조차 짓지 못하다니. 아니, 하인이라고 믿고 있는 것이 문제였다.

라필리아가 유괴당한 직후에 사우벨은 알아듣게 단단히 이야기했다고 했지만, 이 모습을 보아서는 라필리아는 반크라이프트가가 어떠한 집안인지 근본적으로 이해하지 못하고 있는 듯싶었다.

그 후의 보고로 사우벨에게 라필리아를 숙녀과에 보냈다고 들었는데, 어쩌면 설명은 했지만 라필리아가 이해하지 못했다는 사실을 깨닫고 라필리아를 숙녀과에 보냈던 것일까?

사우벨이 단단히 일러두었다고 해도 그것을 라필리아가 제대로 이해했는가는 다른 이야기라는 것을 겨우 깨달았다.

숙녀과는 결혼하기 전 신부 수업을 위한 곳이기도 했다. 신부로서 집안을 나가는 처지의 귀족 여성이라면 이 숙녀과에 들어가는 것이 정석이었다. 그러나 라필리아는 후계자가 될 예정이었으니 본래대로라면 귀족과나 치료과에 들어갔을 터였다.

지금의 반크라이프트령에서는 엘렌의 약을 사용한 치료의 규모 확대와 함께 영지의 새로운 중심으로서 치료원의 확대를 실행하고 있었다.

영지를 라필리아에게 잇게 하려면 귀족과나 치료과 둘 중 하나를 라필리아에게 선택하게 했을 것이다.

"사우벨에게는 내가 알리겠다. 또 라필리아가 무슨 말을 해도 전부 거절해라. 그리고 왕가도 마찬가지다."

"알았습니다."

끄덕이는 카이를 내버려 둔 채 이번에는 엘렌 쪽으로 시선을 돌렸다. 반과 장난을 치며 빗질을 하고 있는 엘렌에게 로벨이 말했다.

"그러고 보니, 엘렌. 학원장실로 가기 전에 뭔가를 눈치챘었지? 아버지한테 자세하게 가르쳐주지 않을래?"

로벨의 말에 엘렌은 빗질하던 손을 멈추지 않고 지금 아는 것들을 이야기했다.

"우선 학원 몇 곳에 묘한 공간이 있어요. 그곳은 규칙성이 있는 것 같아요. 그리고 지하에 있다고 보이는 대정령의 기척 말인데요……."

"대정령? 이 학원 지하에 대정령이 있다는 거니?"

"네. 다만, 묘해요."

"……묘하다고?"

"원래대로라면 기척을 알 수 있을 거예요. 하지만, 힘이 아주 작아서…… 아니, 작다기보다, 여기저기에서 기척을 느껴요."

"음?"

"그 부분은 아직 추측의 영역을 벗어나지 못했어요. 그저, 규칙성이 있는 곳에서 묘한 힘이 느껴지니, 거기에 뭔가 있을지도 몰라요."

"그렇다는 건, 그곳들을 살펴보아야 한다는 건가……."

"틈을 봐서 탐색할 수밖에 없다고 봐요."

"그런데, 엘렌. 그 장소는 이미 알고 있는 거니?"

"일단 힘을 느낀 곳은 현재, 네 곳뿐이에요. 나머지는 평범한 교실 같은 느낌이에요."

빗질을 하던 손을 멈추고 학원장에게 받은 학원 겨냥도를 꺼냈다.

학원장실로 향하던 경로에서 발견한 곳이 둘. 기사탑에서 발견한 곳이 둘.

그 발견한 곳을 손가락으로 가리키던 엘렌은 무언가를 깨달은 느낌에 가만히 멈추고 입을 다물었다.

"…………."

"……엘렌?"

로벨은 고개를 갸웃거렸지만 엘렌은 집중한 탓에 눈치채지 못했다. 조용히 손가락으로 다시 그 위치를 더듬었다.

이 학원은 학과별로 독립된 건물이 있다.

중앙 건물과 주변 건물로, 건축 종류가 조금 다르다는 점을 바탕으로 추측해보면 필요할 때마다 건물이 늘어난 것이리라.

중앙 귀족탑과 이어진 건물은 각 학과의 교원이 쓰는 곳이기도 했다. 1층은 공동 공간으로서 개방되어 있다. 학원 식당과 다목적 광장, 교회도 이 중앙에 위치해 있었다.

그리고 빙글 감싸듯이 각 학과의 탑이 우측에 셋, 좌측에 셋과 좌우 대칭으로 늘어서 있었다. 그곳을 손가락으로 짚으며 엘렌은 장소를 겨냥도 위에서 하나하나 확인해갔다.

'각도로 봤을 때 중앙탑과 귀족탑에서 여섯 곳, 각 탑에 두 곳씩 있는 것 같은데……'

그 외에도 의심스러운 곳을 추측해나가는 사이 로벨들은 그 작업을 잠자코 지켜봐 주었다.

"뭔가 마법진 같은……?"

"뭐라고?"

"어디까지나 추측이지만요. 우선 예측은 끝났으니까, 그곳을 중심으로 돌아보면 결과는 빠르게 나올지도 몰라요."

"벌써 그런 것까지 아신 겁니까……?"

카이가 놀라 그런 감상을 말했지만 엘렌은 어디까지나 추측이에요, 하고 못을 박았다.

숙녀탑과 귀족탑만은 출입할 수 없다고 카이가 말하자 귀족탑은 로벨이 함께하면 괜찮을 거라는 이야기가 되었다.

엘렌이 귀족탑으로 갔다는 소문이 나면 반크라이프트가의 후계자는 엘렌이라느니 하는 소문이 퍼질 가능성이 있다. 숙녀탑은 로벨들도 들어갈 수 없다. 그곳만은 피하고 싶다고 엘렌은 거부했다.

"뭐, 왕족도 있으니까. 갈 필요도 없을 테지."

로벨의 말에 안심하고 가슴을 쓸어내렸다.

"내일 예정은 어떻게 되어 있나요?"

"학원장과 만나고 치료탑을 돌아볼 예정이란다. 벌써부터 울적한걸."

로벨의 말에 엘렌도 쓴웃음을 지었다. 로벨은 지쳤다며 소파에 등을 기대고 축 늘어졌다. 이 인기라면 내일 치료과에서도 소동이 벌어지리라.

"……엘렌, 뭔가 착각하고 있는지도 모르겠는데."

"뭘 말인가요?"

"치료과에서 유명한 건 나보다 엘렌이라고 보거든? 치료과에서는 영지의 소문이 퍼지고 있는 모양이니까. 자그마한 공주님이 약을 가져온다고."

"네에?!"

엘렌은 눈을 크게 떴다.

"그 학원장도 흥미진진해 보였고, 질문 공세에 시달릴지도 모르겠어."

학원장실에서 비밀의 방을 발견한 순간을 떠올렸는지 로벨이 시커먼 미소를 지었다.

"뭔가를 캐내기에는 절호의 기회라고 생각해요."

"엘렌도 가차 없네."

"아버지 정도는 아닙니다."

엘렌이 싱긋 웃자 로벨도 싱긋 웃었다.

그저 이 아버지와 딸의 대화를 보며 카이와 반은 절대 무슨 일이 일어날 거라고 생각해 안색이 창백해질 뿐이었다

"뭐, 그런고로. 엘렌도 지나치게 마음대로 행동하지 않도록."

"오해예요!"

"그런 말을 해도~ 눈을 떼면 무슨 일을 저지를지 모르는걸."

로벨이 엘렌의 뺨을 손가락으로 콕콕 찌르자 엘렌은 우으~ 하고 부루퉁한 표정을 지었다.

문득 로벨의 훈련을 지켜보며 반과 나누었던 대화가 떠올랐고, 로벨이 엘렌에게 무언가를 숨기고 있다는 사실에 섭섭한 마음이

들었다.

반이 난처해할 정도의 일인데도 아무런 이야기도 해주지 않으면서 엘렌은 금방 어딘가로 가버린다는 발언을 멈추지 않는다.

두 살 무렵의 일이니 벌써 몇 년이나 지났는데도 말이다. 로벨은 여전히 엘렌을 신용해주지 않는 것은 아닐까, 검은 안개가 가슴속에 내려앉았다.

그러자 로벨이 어라? 하고 엘렌의 변화를 민감하게 눈치챘다. 아무래도 엘렌의 모습이 이상해지면 바로 눈치채는 모양이었다.

"엘렌?"

"……왜요?"

여전히 부루퉁한 엘렌에게 로벨은 위화감을 느꼈다. 엘렌의 모습이 평소와 다른 것 같아 고개를 갸웃거렸다.

엘렌을 불러두고 로벨은 입을 열지 않은 채 이쪽을 가만히 바라보면서 고개를 갸웃거렸다. 그런 로벨의 모습에 대체 뭐냐며 이해할 수 없는 기분에 빠진 엘렌은 무심코 로벨과 거리를 두려 했다.

"아, 잠깐. 엘렌. 어디 가려고?"

"아무 데도 안 가요!"

싫다고 거부하는 엘렌의 모습이 평소와 다르다고 생각했는지 카이와 반도 대체 무슨 일인가 싶어 엘렌을 놀란 눈으로 보고 있었다.

"엘렌. 자, 무릎에 앉아봐."

이야기를 좀 하자며 로벨이 무릎을 통통 두드렸다. 평소의 엘렌이라면 무슨 일이냐고 물은 뒤 순순히 앉을 테지만 오늘의 엘렌은 온 힘을 다해 거부했다.

"싫어요!"

딱 잘라 말한 엘렌에게 로벨이 쿠웅 하고 쇼크를 받았다. 역시 엘렌의 상태가 이상하다.

하지만 엘렌은 그대로 반의 털 속에 풀썩 기세 좋게 파묻혀버렸다. 나가고 싶지 않다는 듯 꾸물꾸물 깊게 파고드는 모습을 본 로벨은 멍해졌다.

반은 엘렌에게서 무언가를 느꼈는지 그대로 엘렌을 감추듯 몸을 웅크렸다.

"······엘렌 님, 어디 몸 상태라도 안 좋으십니까?"

카이가 걱정하며 말을 걸어왔다. 엘렌 자신도 이해할 수 없는 기분이 소용돌이쳐서 어찌하면 좋을지 알 수 없었지만, 딱 하나 말할 수 있는 것이 있다고 생각한 엘렌은 반의 털 속에서 불쑥 고개만 내밀고서 말했다.

"아버지는 어째서 언제까지고 두 살 무렵의 일을 계속해서 언급하는 건가요?! 성장하지 못했다고 말하는 것 같아서, 아주 아~~주 실례라고 생각합니다!"

"뭐어~?!"

그런 거였어?! 하고 말하듯 불만스러운 목소리를 내는 로벨을 향해 엘렌은 다시 불퉁한 표정을 지었다.

"엘렌, 잊은 건 아니겠지?"

"······뭘 말인가요?"

부루퉁한 얼굴로 로벨을 보자 로벨은 의기양양한 얼굴을 했다.

"여기 오기 전에 엘렌은 아버지랑 약속했잖아~?"

로벨과 손을 잡고 있어도 괜찮다고 마차 안에서 약속한 것을 떠올렸는지 앗! 하는 표정을 한 다음 순간, 엘렌은 지금까지 중에서 가장 부루퉁한 얼굴을 했다.

그 모습을 본 카이는 엘렌도 그런 얼굴을 하는 것인가 싶어 놀랐다. 언제나 앞을 내다보며 사람의 행동을 먼저 읽어낸다며, 엘렌을 고고한 존재처럼 여기고 있던 카이는 획획 표정이 바뀌는 엘렌에게서 눈을 뗄 수가 없었다.

"아하하하! 엘렌은 귀엽다니까~!"

로벨은 엘렌이 너무 귀여워서 반의 털을 이리저리 휘저으며 엘렌을 잡아 끌어당겼다.

"하지 마세요~!"

하지만 엘렌이 진심으로 싫어한다는 사실을 눈치챈 카이는 무심코 참견하고 말았다.

"로벨 님, 주제넘은 말입니다만."

"음?"

"너무 그러시면, 엘렌 님께 미움을 받으실 것 같습니다."

"……?!"

카이의 말이 충격적이었는지 로벨의 손이 딱 멈추었다. 그 순간 엘렌이 도망쳐 카이의 등 뒤로 숨었다.

"카이 군! 아버지께 더 말해주세요!"

"아, 저기…… 아무래도 이 이상은 무리입니다……."

앞으로의 일이 걱정되어 조금 핼쑥해지며 카이는 그렇게 대꾸했지만 엘렌은 카이의 교복 자락을 꼭 잡고 카이를 의지했다. 엘렌이 자신을 의지해주었다고 생각하자 카이는 정말이지 기뻤다.

하지만 그 후, 카이를 사이에 두고서 엘렌과 로벨의 공방전이 시작되었고 결국 카이는 완전히 지치고 말았다.

\*

학원장은 영웅 일행이 내일 치료탑을 돈다는 소식을 듣고 직접 안내하겠다고 나섰다. 원래는 첫날부터 쪽 붙어 있을 셈이었다. 그러나 기사탑은 로벨이 나온 곳이기도 했고 카이도 있어서 필요 없다며 거절당했다.

좀처럼 틈이 없다면서 학원장은 이를 까드득 깨물고 분해했다.

"어떻게 해서든 그 약의 조제법을 알아내야만 해……!"

학원장은 반크라이프트령의 소문을 떠올렸다. 그것은 영지의 공주가 약을 가져온다는 소문이었다.

영웅과 그 딸은, 약을 만들기 위해 정기적으로 재료 조달에 나선다고 한다. 그 외에도 딸은 정령에게 부탁해 약을 만들고 있다는 소문이 있었다. 필요한 재료를 준비해서 정령에게 부탁하면 약이 완성되는 것인지도 모른다.

딸이 대체 어떤 정령과 계약했는지는 모르지만 영웅은 대정령과 계약했다. 신빙성은 있었다.

그러던 차에 반크라이프트가의 딸이 숙녀과에 입학했다는 정보를 들은 학원장은 기뻐했다.

곧바로 라필리아와 만나 이야기를 해보았으나 본인은 약에 관해 아무것도 모른다고 했다. 어찌 된 것인지 자세히 물어보니, 무려 다른 딸이 있다고 했다.

라필리아는 약과 관계가 없었지만 그래도 덕분에 자세한 이야기를 들을 수 있었다. 약을 조달하는 것은 영웅 로벨의 딸이며 이름은 엘렌이라고 한다. 라필리아와 같은 나이라고 했다.

하지만 학원에 그러한 여자아이는 들어오지 않았다. 아니, 심지어 귀족 명부에도 이름이 실려 있지 않았다. 어찌 된 것인가 싶어 학원장은 혼란스러웠다.

소문의 출처를 라필리아에게 확인했지만 애매한 대답밖에 돌아오지 않았다. 돈을 써서 조사하려 해도 반크라이프트가 직속인 자들은 모두 하나같이 입이 무거웠다.

그 약은 신의 약이라고까지 불리고 있었다. 타국에서도 관심이 높건만 아무리 부탁해도 왕족이 독점하고 한 알도 넘겨주려 하지 않았다.

안달이 나다 못한 학원장은 궁정 치료사로 일하고 있는 아들에게 약을 구해오라고 명령했다. 하지만 말단 중의 말단이라서 만져보지도 못한다는 말뿐이라 분개했다. 학원장은 아들에게 쓸모없는 놈이라고 소리쳤다.

아버지와 딸, 양쪽을 설득하기 위해서는 어찌해야 할까. 학원장은 줄곧 미간을 모으고 신음했다.

　학원장은 실내를 왔다 갔다 하며 침착하지 못했다. 깨닫고 보니 방에 놓인 물건에 화풀이를 한 탓에 방에 있던 것들이 점점 부서져갔다.

　"그렇지…… 그 녀석이다. 아직 치료과에 있을 거야."

　이틀째에는 치료과를 둘러보겠다고 말한 것을 떠올리고 꼭 이야기를 하고 싶다고 억지로 동행을 허락받은 학원장은 히쭉 웃었다. 그리고 그 길로 곧장 치료탑으로 향했다.


　다음 날 아침, 학원 측에서 준비해준 간단한 아침 식사를 방에서 먹으면서 오늘의 예정을 다 함께 재확인했다.

　"그 남자의 예측 가능한 행동이라고 한다면, 뭐가 있을까?"

　"자존심 덩어리인 분이라고 판단됩니다. 이 학원 치료과의 최고봉을 보여주려 할 테죠."

　"그렇다는 건……."

　"최고 학년 교실로 안내되지 않을까요?"

　외부인에게는 상세한 부분은 보여주지 않으려 드는 것이 보통이다. 어린아이를 학원에 입학시키고자 한다면 입문 수준의 내용을 소개할 터다. 혹은 아이와 같은 나이의 학년 교실로 안내하여 아이의 공감을 얻고 입학하고 싶다는 마음이 들도록 할 터다.

　하지만 반크라이프트령의 치료 방법은 궁정 치료사들도 놀랄 정도였다. 이래서는 로벨을 납득시킬 수 없다고 생각했을 것이 틀림없다.

학원 치료과의 수업은 뒤처졌다. 영지에서 배우는 쪽이 낫다는 말을 로벨이 하지 않도록 온갖 방법을 쓰려 들 것이다.

"아, 치료탑에는 정령 마법사가 있나요? 지난번 일을 생각하면, 정령들한테는 먼저 알려두어야 하지 않을까요?"

이전의 애슈트와 같은 사태가 벌어지면 곤란하다. 그에 관한 처리를 위해 반이 서둘러 식사를 마치고 정령계로 돌아갔다. 정령계에서라면 한꺼번에 정보를 전할 수 있는 모양이었다.

엘렌은 정령들 사이의 방식은 알지 못했지만 사령탑 같은 곳이 있는 걸까? 그렇게 상상하고 있었다. 나중에 반에게 물어봐야겠다고 생각했다.

"반이 돌아오면 출발할까?"

"네."

반보다 조금 늦게 세 사람도 식사를 마쳤다. 식기를 왜건에 옮겨놓고 넓어진 테이블에 학원 겨냥도를 펼쳤다.

"치료탑으로 가는 경로는 이 길인가요?"

"그래, 맞아. 치료탑은 어제 둘러본 기사탑 옆에 있으니까. 치료탑과 기사탑의 뒤쪽의 숲 깊은 곳에 호수가 있는데, 그곳에서 물을 끌어와서 약초 재배를 하고 있단다."

꽤 흥미가 가는 이야기였다. 이야기를 듣는 한 생각했던 것보다 재배 기술이 발전해 있는 듯하니 다양한 면에서 참고가 될 터였다.

"재배되는 식물과 시설에 흥미가 있어요."

"엘렌이라면 그렇게 말할 줄 알았지."

로벨이 쓴웃음을 지으며 겨냥도에 그려진 호수 주변을 손가락으로 톡톡 두드렸다.

"프랑이나 오푸스트가 있다면 영지에서도 재배가 가능할 테죠? 꿈이 커지네요!"

"기술을 훔칠 마음으로 가득하구나."

쓴웃음을 짓는 로벨에게 엘렌은 딱 잘라 말했다.

"무슨 말씀이세요. 저쪽도 이쪽의 약 기술을 훔칠 마음으로 가득하잖아요? 피장파장이에요!"

엘렌은 싱긋 웃으며 밭의 상태를 반드시 보겠다고 마음먹었다.

"그나저나, 치료탑에도 신경 쓰이는 곳이 있다고 했지?"

"네. 여기랑 여기예요. 기사탑 구조를 다른 종이에 기록해뒀어요. 다른 탑과 비교해도 비슷한 구조라면 세공도 같을 가능성이 높아요. 지하 정령의 힘은 아버지라도 간신히 알 수 있을 정도밖에 없을 거예요. 어머니조차 눈치채지 못했다고 한다면, 저도 판단할 수 있을지 알 수 없지만……."

"게다가 이번에는 학원장이 옆에 있으니 이것저것 제한이 있겠지. 조사한다고 해도 대부대를 이끌고 갈 수는 없고, 어떻게 해야 할까."

눈치챈 첫날 서둘러 확인해야 했다고 엘렌은 한숨을 내쉬었다. 바로 그때, 반이 정령계에서 돌아왔다.

"오래 기다리셨습니다."

"반 군, 고생했어."

이쪽의 낙담한 모습을 눈치챘는지 반은 눈을 동그랗게 뜨고 무슨 일이냐 물었다.

"생각보다 수색에 난항을 겪을 것 같아서요……."

"어째서입니까?"

사정을 설명하자 우선 반이 그 장소를 확인하고 틈을 봐서 적은 인원이 전이하면 어떻겠느냐는 이야기가 되었다.

사전에 장소를 확인하고 오면 줄줄이 그곳으로 갈 필요도 없고 사람들 눈도 미리 확인할 수 있을 터였다.

"역시, 반 군이야!"

그거라면 몇 분이면 충분하다. 무심코 반에게 안겨들자 반은 놀라면서도 가볍게 엘렌을 받아주었다.

기세 그대로 엘렌을 안아서 빙글빙글 돌아주었다. 그게 재미있어서 웃고 있는데 로벨이 슬슬 시간이라며 말을 걸었다.

"네에."

반이 바닥에 내려주자 엘렌은 로벨에게 달려갔고 로벨은 기뻐하며 팔을 활짝 벌렸다.

그 모습을 보고 엘렌은 무심코 걸음을 딱 멈추었다.

"어라? 엘렌?"

로벨이 어리둥절해하면서 고개를 갸웃거리는 것을 무시하고 엘렌은 테이블 쪽으로 몸을 홱 돌리더니 펼쳐놓았던 겨냥도를 손에 들었다.

"잊어버릴 뻔했어요. 위험해라, 위험해."

그리고 엘렌은 그대로 문 쪽으로 걸어갔다.

"엘렌! 아버지 품으로 뛰어들렴!!"

뒤에서 외치는 로벨을 내버려 두고 엘렌은 척척 방을 나섰다.

평범하게 대할 마음이기는 했지만 엘렌은 어제 일을 잊지 않고 있었다.

피어오르던 반항심이 사라지지 않은 채 이동하는 도중에 뒤에서 로벨에게 잡혀 안아 들려지고 말았다.

엘렌은 내심 울컥한 것을 들키지 않도록 주의하고 뒤를 돌아보았다. 그리고 눈에 들어온 부루퉁한 로벨의 모습에 무심코 웃고 말았다.

"엘렌…… 아버지는 슬퍼."

어째서 로벨이 엘렌과 같은 심경이 되었느냐고 태클을 걸 뻔했지만 여기서 마음을 풀어서는 안 된다며 엘렌은 신랄하게 대꾸했다.

"아버지도 이제 적당히 자식한테서 벗어나야 한다고 생각합니다."

"너무 빨라!!"

싫어 싫어 하며 엘렌의 머리에 자신의 머리를 문질문질 비비는 로벨의 모습에 엘렌은 어이가 없었다.

그러던 때 복도 저편에서 인기척이 느껴졌다.

로벨에게 누가 온다고 말하자 로벨은 바로 빈틈없는 표정을 한 뒤 엘렌을 놔주었다.

그 재빠른 전환에 엘렌은 기가 막혔지만 완강하게 엘렌의 손을 놓아주지 않으려 하는 것을 깨닫고 로벨의 손을 꼬집었다.

"엘렌 아파~."

로벨의 비명을 들으며 복도 저편을 보자 그곳에서 눈에 익은 인물이 나타났다.

"아, 흄 씨!"

궁정 치료사인 흄이라고 바로 알아챘다. 엘렌이 알아채자 흄이 기뻐하며 달려왔다.

"오랜만입니다. 엘렌 님. 로벨 님. 편하게 흄이라고 불러주셔도 됩니다. 교복, 잘 어울리시네요."

"네?! 고, 고맙습니다……."

인사치레라는 것을 알면서도 엘렌은 뺨이 살짝 붉어졌다.

"오랜만이에요. 저기, 그럼…… 흄 군으로! 교복은 할머님이 준비해주셨답니다!"

빙글 한 바퀴 돌아 보인 엘렌은 기분이 좋아 보였다. 역시 잘 어울린다는 칭찬을 받으면 기쁜 법이다. 로벨은 무얼 입어도 귀엽다고 하고, 반은 엘렌이 무얼 입어도 잘 어울리는 게 당연하고 생각하고 있는지라 평소와 다른 옷을 입어도 반응이 그다지 없었다. 카이와 마찬가지로 신선한 반응을 해주니 역시 마음이 기쁨으로 가득해졌다.

"엘렌 님이 입으시니, 익숙할 터인 교복이 평소와 다르게 보이네요. 아주 귀엽습니다."

이런 식으로 칭찬받은 적이 별로 없는 탓인지 면역이 없는 엘렌은 얼굴을 더더욱 붉혔다. 눈치 빠르게 엘렌의 반응을 눈치챈 로벨들이 살기를 피워올리기 시작해서 엘렌은 허둥지둥 화제를 바꾸었다.

"그, 그리고 보니 흄 군은 왕도에 있던 거 아니었나요?"

"네? 아아, 실은 엘렌 님이 오신다고 듣고 불려 왔습니다."

쓴웃음을 지으며 대답한 흄에게 엘렌은 눈을 깜빡였다.

"흄 군은 이미 궁정 치료사잖아요……? 어째서 학원이 불러내는 건가요?"

"이 학원에서는 졸업할 때까지 기숙사에서 지내도록 정해져 있습니다만, 저처럼 학원 재적 중에 채용된 자는 왕도에서 지냅니다. 하지만 나이 문제로 학원을 졸업할 수는 없습니다. 그래서 졸업할 때까지는 어디까지나 학원생이라는 입장으로, 학원장의 명령에는 거스를 수 없습니다."

"궁정 치료사라는 입장은 고려되지 않는다는 말인가요……?"

"네. ……실은 저, 입지가 좁은 입장이라서요."

나이가 어리다, 그저 그뿐인 이유였다.

엘렌은 무언가가 걸렸다. 사실은 다른 무언가가 있는 것이 아닐까?

'폐하가 약 조사를 위해 일부러 고를 정도의 인재인데……?'

약에 관해 자세히 알아내려 하는 학원장과 라비스엘이 연결되어 있다고는 생각할 수 없었다. 그렇다면 『입지가 좁은 입장』에 무언가가 있을지도 모른다고 엘렌은 생각했다.

흄에게 궁정 치료사라는 것이 어떠한 것인지를 묻자, 궁정 치료사가 되기 전에는 견습으로서 스승 아래 제자로 들어가 가르침을 받아야 한다고 했다. 의사가 되기 전 연수생 같은 시스템인 모양이었다. 그러나 흄의 경우 실력과 어릴 때 정령과 계약하면서 특별히 궁정 치료사로서 인정되었다고 한다.

"흄 군은 대단하네요!"

엘렌이 대단해! 라고 말하자 흄은 눈을 동그랗게 뜨더니 점점 뺨을 붉혔다.

"아, 죄송합니다……. 칭찬받는 데는 그다지 익숙하지 않아서……."

손으로 얼굴을 가리며 부끄러운 듯 고개를 숙이는 모습에 놀랐다. 흄은 어린 나이도 있어 주변에서 질투의 대상으로 여겨졌고 평소 칭찬받는 일은 거의 없는 모양이었다.

그러나 이렇게 실력을 인정받는 것은 라비스엘이 능력이 높은 자를 신분에 관계없이 평등하게 평가하기 때문이었다.

"하지만 엘렌 님에게는 못 미칩니다. 오늘은 부디 지식을 비교해 보지 않으시겠습니까?"

"좋아요. 저도 학원의 수업 내용은 궁금했거든요!"

둘이서 대화를 꽃피우고 있으려니 갑자기 흄의 가슴께가 꿈틀꿈틀 움직였다.

그 모습에 흠칫한 순간 뿅 하고 낯익은 그림자가 튀어나왔다.

『공쥬니……!!』

튀어나온 그림자의 말은 마지막까지 이어지지 못했다. 갑자기 튀어나온 그림자에 빠르게 대응한 반은 그 귀를 꽉 움켜쥐어 들어 올렸다.

"어이, 꼬맹이…… 너는 어쩔 셈이냐. 조금 전 내가 전달한 걸 잊었다고는 하지 않겠지?"

반에게 귀를 꽉 잡혀 허공에 대롱대롱 매달린 애슈트는 자신을 잡고 있는 인물을 보고 쿠궁 굳어지고 말았다. 말 그대로 육식동물과 초식동물이라고 할 수 있는 구도였다.

반은 살기를 감추지도 않고 손에 든 애슈트를 찌릿 노려보았다.

"바, 반 군! 귀는 안 돼!!"

엘렌은 허둥지둥 애슈트를 반에게서 빼앗았다. 토끼 귀는 급소다. 그런 짓을 하면 안 된다고 반을 떽! 하고 야단쳤다.

"하, 하지만 공주님……."

풀 죽은 반에게는 미안하지만 귀를 잡으면 안 된다고 몇 번이나 잔소리를 하며 엘렌은 굳어버린 애슈트의 등을 계속 쓰다듬어주었다.

"반 군도 꼬리를 잡아서 획 들어 올리면 싫잖아?"

"네, 네……."

엘렌은 애슈트를 품에 안은 채 반에게 주의를 주고 이어서 그 빠른 행동을 칭찬했다.

"하지만 바로 대처한 건 역시 반이야! 나를 걱정해준 거지? 고마워."

"고, 공주님……!"

얼굴을 붉히며 기뻐하는 반. 그 무렵이 되어서야 겨우 애슈트가 제정신을 차리고 부들부들 떨기 시작했다. 그걸 달래듯이 쓰다듬자 점점 진정이 되는지 애슈트가 어리광을 부렸다.

『공쥬님…….』

"오랜만이에요. 애슈트. 하지만 안 돼요. 그렇게 뛰어나오면. 모두 깜짝 놀랐잖아요."

엘렌이 애슈트에게 주의를 주자 애슈트도 풀이 죽었다.

"반 군은 제 호위예요. 그래서 저를 지키려고 한 거예요. 미안해요."

『녜에……』

이걸로 이제 괜찮으리라며 엘렌은 방긋 웃었다.

"갑자기 뭔가 했더니, 그때의 복병인가."

로벨도 조금 전 반과 마찬가지로 찌릿 애슈트를 바라보았다. 그러자 애슈트는 다시 부들부들 떨기 시작했고 반은 꼴 좋다는 듯이 코웃음을 쳤다.

"정말, 아버지까지! 애슈트를 겁주는 건 그만두세요!"

엘렌이 이번에는 로벨에게 화내자 로벨까지 풀이 죽었다. 눈을 동그랗게 뜨고 그 모습을 보고 있던 흄과 카이가 겨우 현실로 돌아온 모양이었다.

"아, 어흠. 죄송합니다. 저는 흄. 그리고 제 정령인 애슈트입니다. 애슈트가 실례를 했습니다."

인사하는 흄에게 반과 카이도 이어서 자기소개를 했다.

잠시 후 모두는 학원장이 있는 곳으로 이동했다. 그 전에 인사를 하고 싶어서……라고 말끝을 흐리는 흄과 엘렌은 이야기에 열중했고 반들의 모습을 깨닫지 못했다.

반은 짜증스러운 듯 엘렌의 품속에 있는 애슈트를 힐끗 노려보았다. 그러자 애슈트는 그 시선을 깨달았는지, 이것 보라는 듯이 흐흥 하고 웃었다.

"이 녀석이?!"

"반 군? 왜 그래?"

반이 갑자기 화를 내자 엘렌은 눈을 동그랗게 떴다. 반은 애슈트를 가리키며 그 꼬맹이를 넘겨달라고 소리쳤다.

그 모습에 놀라며 애슈트를 보자 반의 기세에 삼켜져 부들부들 떨고 있었다.

"반 군······?"

엘렌이 의아해하며 반을 보니 반은 상처를 입었는지 쿠궁 하는 효과음이 어울릴 법한 표정을 짓고 절망했다.

"공주님! 저와 그 꼬맹이, 어느 쪽이 귀엽습니까?!"

갑자기 다급하게 말하는 반의 모습에 눈을 크게 뜨며 귀여운 건 애슈트인데? 하고 말하자 반은 새파랗게 질린 후 절망한 표정을 지었다.

"반 군은 어느 쪽인가 하면 멋진 쪽으로······ 반 군? 여보세요?"

무릎을 꿇고 좌절한 반의 어깨를 카이가 동정하듯 툭 두드렸다.

엘렌의 품속에서 애슈트가 이겼다는 듯 콧김을 뿜은 것을, 엘렌은 눈치채지 못했다.

그리고 그 광경을 보고 있던 로벨과 흄은 한숨을 내쉬면서 이야기가 진행되지 않아 미안하다고 서로에게 사죄했다.

잔뜩 풀이 죽은 반의 등을 카이가 무릎으로 쿡 찌르자 격노한 반이 꼬맹이! 하고 소리치며 잡으려 들었다. 그러자 바로 로벨이 반의 긴 뒷머리를 잡아 제지했다.

컥 하고 소리를 지른 반은 눈물을 글썽이며 로벨에게 시선으로 항의를 했다.

"엘렌, 그걸 그에게 돌려주렴."

그거라고 불린 애슈트가 쿠궁 하는 표정을 지었지만 확실히 이대로는 이야기가 진행되지 않는지라 애슈트를 흄에게 건넸다. 토끼의 보들보들한 털을 남몰래 만끽할 수 있었던 엘렌은 만족했다.

그리고 여전히 반의 뒷머리를 잡은 채인 로벨의 손을 잡고 아버지도 떽! 하자 로벨은 재빠르게 손을 놓아주었다.

"우으~ 빠지는 줄 알았습니다……."

엘렌은 복도에 책상다리를 하고 앉아 머리를 감싸는 반이 안쓰러웠다. 상당히 아팠던 모양이다.

뒷머리 부분을 벅벅 문지르고 있는 반에게 다가가 반의 머리를 쓰담쓰담 쓰다듬자 반이 움찔하고 굳었다.

"공주님……!"

몹시 감격한 반의 모습에 한숨을 내쉬며 로벨은 이야기를 진행했다.

"자, 궁정 치료사님. 안내를 부탁할 수 있을까?"

싱긋 웃는 로벨의 모습에 흄은 당혹스러워하면서도 고개를 끄덕였다.

"자, 갈까?"

손을 잡자며 반의 얼굴을 올려다보자 바로 눈치챈 반이 손을 내밀었다. 함께 손을 잡고 흄의 뒤를 따라갔다.

# 제15화 흄

흄의 뒤를 따라 도착한 곳은 성의 중앙 광장이었다. 이곳은 공동 공간으로 보였는데 학원생의 모습은 없었다. 이미 수업이 시작한 모양이었다.

광장 입구에서는 학원장과 치료과 남성 교사가 함께 서서 엘렌 일행을 기다리고 있었다.

"오오, 로벨 님. 좋은 아침입니다!"

아침부터 기운찬 학원장과 악수를 하며 로벨은 인사를 했다.

엘렌도 로벨을 따라서 숙녀의 인사를 했다. 카이와 흄의 인사는 학원생으로서의 인사였지만 반은 학원장을 노려보고 있었다.

"반 군."

잡고 있던 손을 쭉 당기자 그제야 깨달았는지 반이 무뚝뚝하게 인사를 했다.

"반 군, 왜 그래?"

이런 반의 태도는 이상하다고 생각한 엘렌이 묻자 반은 쓴웃음을 지은 뒤 몸을 숙이고 소곤소곤 가르쳐주었다.

"이 남자, 저 흄이라는 남자를 써서 약 조제법을 알아내려고 꾸미고 있는 모양입니다."

'뭐……?'

반은 바람을 다루는 대정령이다. 바람을 다루어 학원장의 말을 들은 것이리라.

반의 말에 엘렌은 생각했다. 무언가를 하리라고는 짐작하고 있었지만 흄을 이용하리라고는 역시 생각하지 못했다.

그러고 보니 어째서 학원장은 궁정 치료사인 흄을 안내역으로 보낸 것일까.

'흄 군은 궁정의 인재로서 이미 알려져 있는데 왜 새삼 학원의 이야기를 받아들인 걸까……?'

분명 학원 측은 궁정 치료사로서 장래가 보장된 인재가 학원에 재적해 있는 것이 자랑이 되리라.

하지만 궁정 치료사로서 왕도에서 일하느라 바쁜 흄을 보내라고 간단히 말할 수 있을까?

'이건…… 예상과 달리 학원과 왕가가 어떤 식으로 연결되어 있거나, 혹은…….'

반이 말했던 대로 흄과 학원장이 연결되어 있거나, 둘 중 하나이리라.

일단 흄에게도 마음을 열어서는 안 된다는 의미였다.

"반 군, 가르쳐줘서 고마워. 주의할게."

생긋 반을 향해서 웃어 보이자 반도 싱긋 웃고는 「저는 언제나 옆에 있을 겁니다」라고 대답해주었다.

반이 옆에 있다는 것은 매우 마음 든든했다. 그렇게 마음을 다잡은 엘렌은 혼자서 이야기에 열중하고 있는 학원장의 말에 귀를 기울이면서 힐끔 흄을 보았다.

흄은 학원장의 뒤에서 살짝 고개를 숙이고 있었으나 그 안색은 좋지 않았다. 도무지 서로 계략을 꾸미고 있는 사이로는 보이지 않아서 엘렌은 미간을 모으고 고개를 갸웃거렸다.

그리고 다다른 생각에 스스로 굳어지고 말았다.

'하나 더 있잖아…… 손을 잡지 않을 수 없는 상황이…….'

흄이 학원장에게 협박당하고 있을 가능성이 있었다.

왕가와 이어진 흄이 엘렌에게 약의 조제법을 알아내려 하는 행위는 솔직히 폐하의 의도라고는 생각할 수 없었다. 인간계에서는 만들 수 없는 약이라는 사실을 폐하에게 전했기 때문이다.

그 정도의 보복을 받고서도 여전히 엘렌들의 분노를 살 어리석은 행동을 할 인물일까?

'아니, 아니야. 능구렁이 씨는 그런 일을 하지 않아. 이건…… 그 부분도 포함해서 전부 밝혀내 볼까.'

약에 대해 자세히 들어 본들 그것이 이뤄질 수 없다는 것을, 흄은 라필리아 유괴 사건 당시 그곳에 있어서 알고 있을 터다.

협박을 당하고 있으니 학원장의 말을 듣지 않을 수 없다. 하지만 이미 엘렌은 왕가에조차 이 약에 관해 이야기하지 않겠다고 단언했었다.

그래서 흄은 학원장과 현실 사이에 끼어 안색이 나쁜 것이라고 추측하는 편이 가장 납득이 되었다.

엘렌은 소곤소곤 학원장에게 등을 돌린 형태로 반과 몰래 이야기를 했다.

"반 군, 학원장과 흄 군의 주변을 바람으로 조사해줄 수 있을까? 흄 군은 학원장에게 협박을 받고 있을 가능성이 있는 것 같아."

조용히 귓속말로 전해진 엘렌의 말에 반은 눈을 크게 떴다. 옆에 있던 카이에게도 들렸는지 마찬가지로 눈을 크게 뜨고 있었다.

"공주님…… 어떻게 그걸 아셨습니까?"

무슨 말인지 자세히 물어보니 학원장이 매우 험악하게 흄에게 소리를 질렀다고 한다.

아직 이야기하지 않았는데 어떻게 알았느냐며 반과 카이에게 질문받았다.

"그는 협박당하고 있는 겁니까……?"

카이도 놀라서 말했다.

"그럴 가능성이 높아졌네요. 흄 군은 라필리아 사건을 목격했잖아요? 그는 약 조제법을 왕가에 알리지 않겠다는 제 선언을 직접 들었어요. 그걸 알면서도 학원장의 말을 그대로 따르는 모양이잖아요. 생각할 수 있는 건, 거절할 수 없는 처지이기 때문…… 그러니까, 경우에 따라서는 흄 군의 보호를 우선하겠어요."

"……공주님이라면 그렇게 말할 줄 알았습니다."

반은 쓴웃음을 짓고 납득해주었다.

"너무 많은 부탁을 해서 미안해. 반은 의지가 되거든."

"후훗. 더 말씀해주십시오. 저는 도움이 될 겁니다!"

"……."

아주 조금 부러워 보이는 얼굴을 하고 있던 카이를 반이 코웃음으로 자극했다.

"나는 공주님이 부탁하신 일이 있어서, 공주님 옆을 어쩔 수 없이 비우게 되었다. 알았지? 내가 돌아올 때까지 꼬맹이 네가 공주님을 지켜야 한다!"

반의 말에 카이가 눈을 동그랗게 떴다. 하지만 다음 순간에는 「당연합니다」 하고 결의를 담은 말과 시선으로 반을 보고 있었다.

두 사람은 신호도 없이 서로 주먹을 맞부딪혔다. 그 호흡은 딱 맞아 보였다.

'이런 부분은 사이가 좋아 보이는데 말이지……'

하지만 때때로 서로 싸워대서 조금 걱정이었다.

반은 엘렌에게 부탁을 받아 무척이나 기뻤는지 싱글벙글 시종 웃는 얼굴이었다.

거기에 이끌린 엘렌도 싱글벙글 웃고 있는데 로벨이 즐거워 보인다며 쓴웃음을 지었다.

"뭔가 소곤소곤 꾸미고 있는 모양인데, 괜찮겠니? 이제 이동할 모양이야."

"괜찮아요! 그럼 반 군. 부탁할게!"

"알았습니다."

공손하게 인사한 후 반의 모습이 휙 사라졌다.

학원장 일행은 앞에서 걷고 있어 반의 존재를 눈치채지 못했다.

'자, 학원장님. 각오해주세요!'

엘렌은 싱긋 웃으며 로벨의 손을 잡고 학원장의 뒤를 쫓았다.

*

흄이 앞장서서 치료탑으로 향했다.

그 뒤에서 학원장이 로벨에게 이러니저러니 하고 학원 설명을 하고 있었다.

학원장은 로벨만 받아들이면 엘렌을 학원에 입학시킬 수 있다고 생각하고 있는지 필사적으로 어필하고 있었다.

학원장의 이야기에 귀를 살짝 기울여봤는데 아무래도 학원 시스템에 관한 이야기를 하고 있는 모양이었다. 몇 시부터 수업이 시작됩니다~ 같은 설명이 치료과의 내용과 관계가 있을까?

로벨은 학원 학생이었으니 학원 시스템을 설명해봤자 의미가 없을 텐데도 학원장은 그 사실을 잊어버린 모양이었다.

로벨의 뒤에서 그 모습을 가만히 지켜보던 엘렌은 문득 성을 만끽하지 못하고 있다는 사실을 깨달았다.

어제는 성 내부의 틈새를 찾는 데 신경을 집중했던지라 중요한 즐거움을 잊고 있었다.

엘렌은 생전부터 성을 매우 좋아했다. 건물의 구조에도 흥미가 있었지만 무엇보다 그 차분하고 여유로운 분위기가 좋았다.

여기에 살고 싶다든가 하는 그런 마음은 원래부터 없었으나 꾸며 놓은 장식과 겹겹이 쌓인 벽돌로 된 벽. 시간의 흐름을 느끼게 하는 모습에 가슴이 두근거렸다.

시대를 거듭하여 풍화되어버린 곳을 수선하며 소중히 여겨지는 곳은 정말로 사랑스럽게 느껴졌다.

분명 새로운 실험 기구나 새롭게 발견된 물질로 개발된 것들에도 흥미는 끊이지 않았다. 그러나 소중하게 쓰여온 것도 사실은 아주 좋아했다.

부모에게서 자녀에게로 이어진 시계나 만년필. 생전 어머니 쪽 조부모가 그러한 물건을 소중히 여기는 사람들이라, 우산 같은 것도 수리를 맡겨 천을 바꿔가며 줄곧 소중히 쓰는 모습을 보아왔다.

요리가 취미인 할머니는 오래된 부엌칼을 아주 소중히 여겼고 그 부엌칼의 자루는 시간을 느낄 수 있을 만큼 손때가 묻어 있었다.

옛날 물건이 녹아든 풍경. 줄곧 소중히 쓰여온 역사. 시대 배경이 녹아든 건물. 엘렌은 그러한 것들을 매우 좋아했다.


그런 추억에 잠기며 주변 건물로 시선을 돌렸다.

중앙탑과 귀족탑에서 주변을 둘러싼 탑으로 시선을 옮겼다. 언뜻 성벽처럼도 보였다. 어쩌면 중앙탑과 귀족탑을 지키기 위해 증설된 성벽으로서의 건물인지도 모른다.

'그러고 보니, 예측이라도 작은 공간은 중앙에 여섯 개. 주변에 열둘…… 중앙탑과 귀족탑을 감싸듯이 공간이 있는 건…… 중앙에 무언가가 있다는 뜻?'

으음~ 하고 고개를 갸웃거리면서도 주변 탑의 장식을 구경했다.

입구의 아치에는 세세한 세공이 되어 있었지만 기본적으로는 벽돌을 쌓아 올렸을 뿐인 소박한 내벽이었다.

귀족의 상징인 성이라면 이렇게까지? 싶을 만큼 호화롭게 꾸밀 텐데, 그러한 부분은 보이지 않았다.

최고학년 교실은 3층에 있는지 안내된 교실은 계단 가까운 곳에 있었다. 저학년 교실이 4층이라는 점이 신경 쓰인 엘렌은 그러고 보니 어째서? 하고 흄에게 물어보았다. 교직원의 출입이 잦은 연구실까지의 거리가 짧아지도록 상급생 교실은 3층에 설치되었다고 대답해주었다. 무어라 말할 수 없는 어른의 사정이었던지라 엘렌은 키득 웃었다.

어른과 아이들로 나뉘어 대화를 나누면서 학원장의 뒤를 따라가자 교실에 도착했다. 학원장과 로벨이 나타나니 순식간에 소동이 일어났다.

"아, 어흠! 수업을 계속하도록!"

학원장의 말에 허둥지둥 학생과 교사는 수업으로 돌아갔다. 하지만 역시 신경이 쓰이는지 로벨 쪽을 힐끔힐끔 보거나 수군수군 대화를 나누고 있었다.

로벨의 등 뒤에서 엘렌이 불쑥 고개를 내밀자 그 사실을 눈치챈 몇 사람이 술렁이며 소란스러워졌다.

'어이, 저 애……!'

'영웅의……?!'

시끌시끌 퍼져가는 술렁거림에 학원장이 소리치고 질책했다. 그 모습을 본 로벨은 낙담한 듯 들으란 듯이 큰 한숨을 내쉬었다. 그러자 순간 주변의 술렁거림이 딱 멈추었다.

학원장은 창백해졌고 그에 따라 교사들도 안색이 나빠졌다. 엘렌만이 의미를 깨닫지 못하고 멍하니 있었다.

"자네들 수업을 방해해 미안하군. 여기는 그만 됐네. 그래. 궁정 치료사님, 자네가 안내해주게."

수업 풍경은 그만 됐다며 로벨은 흄을 재촉한 뒤 홱 학원장에게서 등을 돌렸다.

그러자 흄은 전혀 동요하지 않은 태도로 「알았습니다」라고 대답하고 교실에서 나와 밖으로 향했다.

"학원의 구조는 로벨 님도 이미 아실 테니 설명은 생략하도록 하겠습니다. 치료과의 시설이 있는 곳으로 안내하겠습니다."

"그쪽이 낫겠군. 부탁하네."

로벨은 엘렌을 향해서 이리 오렴 하고 손을 내밀었다. 엘렌은 고개를 끄덕이며 로벨의 손을 잡았다. 가보겠다는 인사도 없이 로벨 일행이 밖으로 나가자 학원장들은 새파래진 얼굴로 그 모습을 바라보았다.

"기, 기다려주십시오. 로벨 님!!"

허둥지둥 따라오는 학원장에게 로벨은 신랄하게 말했다.

"아아, 당신은 필요 없습니다. 그럼 이만."

아연실색한 학원장을 내버려 두고 로벨 일행은 뜰 쪽으로 나왔다.

*

"아버지, 괜찮을까요?"

학원장에게 이야기를 들을 예정은 없었느냐고 에둘러 묻자 이것도 전법 중 하나란다 하고 로벨이 윙크를 했다.

"지금쯤 분노를 참지 못하고 소리를 질러대고 있을 거다. 반이 들어줄 거야."

그런 것이냐며 납득했다. 감정에 휩쓸려 허점을 마구 드러낼 타입이었다.

교실을 나오자 로벨이 빠르게 염화로 학원장의 대화를 들으라고 반에게 명령했다.

"어차피 체재 중은 심하다 싶을 만큼 따라붙을 테지. 아까 이야기를 들었는데, 자랑하기에 바쁘더구나. 나도 이 학원에 다녀서 알고 있는 것들만 이야기하니까 필요 없다고 생각했단다."

"아버지도 카이 군도 흄 군도 있는데, 깨닫지 못하는 걸까요?"

그걸 위해 본인이 흄을 불렀을 터인데 그 학원장은 설명을 맡길 마음이 없어 보였다.

"그나저나 엘렌이 고개를 내밀자마자 이래서야. 가능한 한 학원생이 있는 곳은 피하고 싶은걸."

로벨의 말에 흄과 카이의 얼굴이 파래졌다.

"죄송합니다. 로벨 님. 어제 기사탑의 모두도 흥분해버려서……"

카이가 고개를 숙이자 그건 어쩔 수 없다며 로벨도 쓴웃음을 지었다.

"무스켈 교관도 사람이 짓궂어서 말이야. 나도 저질러버렸고."

로벨은 그렇게 말하고 머리를 긁적였다. 어제 로벨이 활약한 모습에 학원생들은 몹시 흥분했었다. 이제 어찌할까 하고 모두가 고민하고 있는 옆에서 엘렌은 개의치 않고 말했다.

"아, 그렇지! 흄 군에게 부탁이 있는데요."

"네, 뭔가요?"

"치료탑의 입구 석판과 최상층을 보고 싶어요!"

"네? 아, 네. 알았습니다."

안내를 해주겠다고 한다면 먼저 부탁해버리는 게 낫다고 생각한 엘렌은 선수를 쳤다. 반에게는 염화로 다른 곳을 보고 와달라고 부탁했다.

흄은 상하관계의 입장을 숙지하고 있는지 엘렌의 갑작스러운 행동에 전혀 참견하지 않았다. 윗사람이 보고 싶다는 명령에 순순히 고개를 끄덕이는 일에 익숙해진 느낌이 들었다. 처세술에 뛰어나다기보다는 그러한 환경에서 자랐다는 인상을 받았다.

이전에 영지에서 대화를 나누었을 때의 흄은 왕자인 가디엘에게도 당당하고 솔직하게 이야기했었는데, 그때와 태도가 전혀 달랐다.

그것이 더욱 엘렌들의 기분을 상하게 하지 말라고 엄명을 받은 듯 보였다.

분명 무언가가 있는 것이 틀림없다. 엘렌은 그 사실을 깨달았지만 마음속으로 사죄하면서 이용했다.

"치료과의 시설은 밖에 있으니, 최상층 방부터 가보죠."

"고맙습니다!"

엘렌이 기뻐하는 모습을 본 흄은 싱긋 웃었다. 기사탑과 같은 구조인 나선 계단을 올라 치료탑 최상층에 도착하자 역시 방 중심에는 책을 든 치료사의 조각상이 있었다. 주변의 벽 일면도 기사탑과 마찬가지로 책이 쌓여 있었다.

"여기는 치료과의 서고실입니다. 그렇게 말해도 최상층은 과거의 기록 같은 것만을 보관해두고 있습니다. 치료과 전용 도서실은 5층입니다."

"그런가요?"

"치료과는 1층부터 2층까지가 학생용 치료실로 되어 있습니다. 3층부터 4층까지가 교실, 5층이 도서실, 6층이 서고실입니다."

"학생용 치료실은 뭔가요?"

"아, 옆에 있는 기사과 탓입니다."

흄은 웃으면서 설명했다. 훈련하다 다친 학생들이 실려 오는 곳이라고 했다.

"치료과는 학생이 치료하는 건가요?"

"치료과 교사는 치료사니까, 교사가 옆에 붙어 지도를 합니다. 숙녀탑과 귀족탑에는 특별히 치료사가 있기 때문에, 그쪽 분들은 이쪽으로는 오지 않습니다."

"그렇군요~."

들으면 들을수록 이 학원의 구조가 재미있다는 생각이 들었다.

귀족 시설에서 자금을 준비하고, 그 돈으로 씨앗을 사고, 농업과
가 학원에서 먹을 작물 등을 키우고, 상업과가 남은 작물을 팔아
서 실과 천을 산다.

숙녀과가 그 실과 천으로 시트 등을 만들어 학원생들에게 나눠
주고, 기사과는 귀족을 지키기 위해 키워지고, 치료과는 기사를 지
키고, 정령 마법과가 키운 작물을, 운을, 은혜를, 치료를, 모든 것
을 수호하는 것이다.

'이 구조는 뭘까? 각 과가 연계해 운영되고 있어…… 대단해.'

학원이라는 격리된 곳 안에서 필요 최저한의 것들이 순환하도록
계산되어 있다는 것을 알 수 있었다.

겨냥도를 바라보며 엘렌은 질문을 거듭했다.

"각 학과의 탑 최상층에는 각각을 상징하는 조각상이 설치되어
있는 건가요?"

"그렇습니다. 귀족탑은 왕, 숙녀탑은 왕비, 상업탑은 금화와 천
칭, 농업탑은 수목, 기사탑은 기사, 치료탑은 치료사, 정령탑은 정
령 마법사입니다."

"입구의 석판은……."

"조각상과 마찬가지로 각 탑을 상징하는 것이 그려져 있습니다."

잠시 생각에 잠긴 엘렌은 소박한 의문을 입에 올렸다.

"어째서 건물 안에 조각상이 있는 걸까요……?"

"네?"

그게 당연하단 감각으로 자란 로벨들은 엘렌의 말에 놀랐다. 그

사실을 깨닫지 못한 채 엘렌은 치료사의 조각상을 보며 미간에 주름을 잡았다.

"어째서 최상층에…… 상징이라면 사람들이 가장 많이 드나드는 1층에 두지 않을까요……?"

'그리고 여기에서도 기사탑과 같은 정령의 기척이 느껴져……'

엘렌은 기사탑과 치료탑을 보고 깨달은 것이 있었다. 어느 탑이나 똑같이 조각상이 중앙에 있는 교회 방향을 향해 있다는 것이었다.

'아니, 부자연스럽지는 않지만…… 이 위화감은 뭘까?'

엘렌은 줄곧 고개를 갸웃거리고 있었다.

*

최상층에서 내려와 입구 확인도 마친 후 일행은 흄이 말한 치료과 시설이라는 곳으로 향했다.

흄을 선두로 나머지 세 사람이 따라가다 보니 학원의 분위기가 점점 바뀌어갔다. 아무래도 뒤뜰로 향하고 있는 모양이었다. 외벽을 타고 자란 덩굴이 많아졌고 점점 벽이 녹색에 감싸인 곳으로 변해갔다.

녹색으로 물든 아치를 지나가자 잉글리시 가든이라고 불리는 정원과도 닮은, 녹색으로 넘쳐나는 곳이 나왔다. 그걸 본 엘렌이 기뻐했다.

"와~! 대단해요!!"

약초만이 아니었다. 그곳에는 다양한 꽃과 나무가 자라나고 있었고 곳곳에 벤치도 설치되어 있었다. 사람의 출입도 염두에 둔 장소인 것이리라.

"이 정원은 입수하기 쉬운 약초를 중심으로, 사람들 눈도 즐겁게 할 수 있지 않을까 하는 목적으로 만들어졌습니다."

"약초로 사람의 눈을 즐겁게 한다는 건 다른 장소에서는 그다지 볼 수 없잖아요."

"네. 이곳에는 비교적 재배가 쉬운 것을 중심으로 심겨 있습니다. 식사에 쓰이는 것도 다수 재배되고 있죠. 식당 사용인도 이용하고 있습니다."

번식력이 다른 식용 꽃과 허브를 중심으로 키우는 곳은, 이곳과는 또 다른 곳에 있다고 한다.

민트 등은 번식력이 너무 좋아서 정원에 심어서는 안 된다고 여겨질 정도다. 다른 식물의 생육을 방해하는지라, 그런 허브는 격리되어 있는 모양이었다.

"과연…… 먹을 수 있는 약초인가요?"

식용도 가능하고 몸에도 좋다면 더할 나위 없다.

"주로 치료에 쓰는 약초는 여기에는 없는 건가요?"

"그건 호수 근처에서 재배하고 있습니다. 물이 많은 장소 쪽이 잘 자라니까요."

"그럼 여기에서 갈 수 있나요?"

"네. 안내하겠습니다. 이쪽으로 오시죠."

이야기에 관심을 보이는 엘렌의 모습에 흄은 기쁜 듯이 웃었다.

흄의 안내를 받으며 엘렌은 주변을 빙글 둘러보았다.

잉글리시 가든과 성의 외관을 함께 바라보며 이동할 수 있으리라고는 생각하지 못했었다. 기분이 고양되어 시종 마음이 들떴다.

"영지에서도 이런 발상은 없었어요~. 관광 목적 약초원 같은 것도 좋을지 모르겠어요!"

"바로 이야기가 커지는구나."

로벨이 미소 짓는 모습을 곁에서 보며 이야기를 계속했다.

"약초를 재배하는 수고는 동일하니까, 이건 좋은 방법이라고 생각하는데요?"

"으음~ 그건 그렇지만. 시정의 사람들도 출입하면, 약초를 멋대로 가져가거나 하지 않을까?"

그랬다. 이 세계에서는 그런 면의 질서가 애매했다.

『밭』이라는 인식이 있으면 사람이 들어가는 일은 없지만, 그래도 빈곤하여 작물을 훔치는 사람은 많았다.

특히 영지에 치료를 받으러 와 체재하는 사람 중에 그런 자가 특히 많았다. 체재 중에 돈이 떨어지고 만 자들이 밭에 침입한다고 하는 문제가 일어나고 있었다.

"약초원의 입장료를 받는다고 해도, 돈을 냈다며 약초를 가져갈 것 같네요……."

지구와 같은 오락거리는 이 세계에 거의 없다. 있다고 해도, 숙소의 술집이나 귀족의 오락실 정도이리라.

"이건 왕가의 정원이나 학원이기에 가능한 걸지도 모르겠구나."

"그러네요……. 우리 영지에서는 분명 어려울 것 같아요."

현실을 떠올리고 추욱 낙담하고 말았다.

영지에는 여전히 환자 수가 많았다.

반크라이프트가 키우는 약초라고 들은 것만으로 약의 재료가 아닐까 하는 억측이 오가며 뿌리째 빼앗아갈 가능성도 있었다.

"뭐, 그렇게까지 우울해할 것 없단다. 이렇게 보기 좋은 약초원이라면, 저택 정원사에게 재배를 부탁해도 괜찮을 테지."

약초는 정원에서 몰래 키우면 된다고, 로벨이 웃으며 말하자 엘렌은 한눈에 알 수 있을 만큼 밝아졌다.

"역시 아버지예요!!"

엘렌이 즐거워하며 흄을 보자 흄은 조금 눈을 크게 뜨더니 웃었다.

"공주님은 표정이 휙휙 바뀌어 재미있네."

조금 전까지 차분하던 흄이 처음 만났을 무렵의 태도로 돌아왔다는 사실을 깨달았다.

그 사실에 놀라서 엘렌도 눈을 깜빡였다. 그러면서도 당신 역시 처음에 만났을 무렵으로 돌아갔네요? 하고 짓궂게 말하자 흄은 어깨를 으쓱해 보였다.

"그 사람이 옆에 있었으니까."

"학원장 말인가요?"

"그래. 학원생으로서의 태도가 아니면 시끄럽거든."

분명 흄은 현재 학원생이다. 그러나 궁정 치료사로서의 직함을 갖고 있다.

흄은 학원장에게 노성을 들었다고 반이 말했었다. 에둘러 우쭐대지 말라고 협박을 듣거나 한 것일까?

흄을 힐끔 보자 학원장을 떠올렸는지 자그맣게 한숨을 내쉬고 있었다.

아니, 이 흄의 태도는 그런 것이 아니라고 깨달았다. 엘렌 안에 있던 의문의 실마리를 발견한 느낌이 들었다.

"어쩐지 힘들어 보이네요?"

고개를 갸웃거리며 그리 묻자 흄은 엘렌을 보며 쓴웃음을 지었다.

"……왠지 공주님께는 이것저것 다 들킬 것 같아."

"어머나."

그러고 보니 흄은 그때 그곳에 있었던 것이다. 바람의 정령이 마법을 써서 소문을 회수한다는 사실도 알려졌다. 그렇다는 것은 직접 물어보는 편이 빠를지도 모르겠다고 엘렌은 생각했다.

"학원장이 흄 군을 써서 약의 조제법을 밝히려 하고 있다는 거 말인가요?"

엘렌의 말에 흄은 눈을 크게 떴다. 그리고 역시 무리였다는 듯, 무언가를 포기한 얼굴을 했다.

"역시 알고 있었구나."

"학원장은 큰 소리로 노성을 질렀다고 하니, 주변에 다 들린 모양이었데요?"

"으아아……."

이제 웃을 수밖에 없는지 흄은 지친 기색으로 웃고 있었다. 어쩐지 울 것 같은 얼굴로도 보여 엘렌은 놀랐다.

로벨들은 엘렌과 흄의 대화를 잠자코 지켜보았다. 그래도 네 사람은 발을 멈추지 않고 그대로 호수 쪽에 있는 약초원으로 향했다. 그 도중에 흄이 입을 열었다.

"그 사람은 말이지, 내 의붓아버지야."

"······누구 말인가요?"

머리로는 알고 있었지만 조금 부정하고 싶은 기분이 되었다.

"공주님이라면 알잖아? 학원장 말이야."

웃는 흄의 목소리에 엘렌의 뒤에 있던 카이가 예상하지 못했던 모양인지 동정을 담아 「으아」 하는 목소리를 냈다. 로벨은 의붓아버지였던 거냐며 태연하게 반응하는 것을 보니, 친아버지는 아니라도 아버지와 아들이라는 사실은 알고 있었던 모양이었다.

엘렌이 로벨과 카이를 보고 질책하듯 미간을 찌푸렸다. 흄은 쓴 웃음을 지으면서 괜찮다고 말했지만 실례라며 엘렌이 화를 내자 로벨과 카이는 솔직하게 사과했다.

"괜찮아, 괜찮아. 남들한테 자랑할 만한 일도 아니니까."

"아니, 그것도 좀 어떨까 싶은데요······."

엘렌이 우울한 투로 말하자 흄은 하지만 그렇잖아? 라고 말했고 오히려 로벨들은 긍정하는 태도를 보였다.

"아버지가 사고로 돌아가시고, 어렸던 나를 키우기 위해 어머니는 열심히 일했어. 그런 때 어머니가 그 남자 눈에 띄고 말았지."

무언가를 포기한 듯 한숨과 함께 담담히 이야기하는 흄. 엘렌은 그런 흄에게 무어라 말을 걸면 좋을지 알 수 없었다.

"분명 몬스터 템페스트가 끝난 지 2년쯤 되었을 때였을 거야. 사람이 많이 죽고 나라가 혼란스러운 중에 여자 혼자 사는 건 무리였지. 어머니는 나를 위해 재혼했어. ……흔한 얘기지."

그렇게 말하며 어깨를 움츠리는 흄의 모습에 엘렌은 겨우 흄에 대한 의문이 풀렸다고 느꼈다.

"그랬나요…… 겨우 이해가 되었어요."

"……무슨 말이야?"

흄이 의아해하는 얼굴을 하고 엘렌의 얼굴을 들여다보았다.

얼버무릴까 한순간 망설였지만 어쩌면 이대로 교섭할 수 있을지도 모른다고 생각해서 사실을 그대로 말하기로 했다.

"라필리아가 유괴되었을 때, 어째서 흄 군이 전하와 함께 영지에 와 있었는가 하는지요."

"……뭐라고?"

흄은 이쪽을 경계하듯 보고 있었다.

"무례해서 죄송해요…… 어머니의 몸 상태가 안 좋으신 거 아닌가요?"

단도직입적인 엘렌의 말에 흄은 눈을 크게 떴다.

"그것도 제 약으로는 낫지 않았을 테죠."

"어째서 그런 걸 아는 건데?!"

갑자기 격양한 흄의 모습에 엘렌은 머뭇머뭇할 뻔했지만 여유를 보이기 위해 웃었다.

엘렌은 깨닫지 못했으나 로벨과 카이는 무슨 일이 생길 때를 대비해 곧바로 엘렌을 흄에게서 떼어놓을 수 있는 태세를 취하고 있었다.

"그 폐하가 당신 같은 분을 영지로 보낼 리가 없기 때문이에요."

"……무슨 의미지?"

"폐하는 완벽주의자예요. 아무리 당신이 장래 유망하다 해도, 경험은 누구보다도 부족하죠. 그런 사람을 전하와 동행할 사람으로 고를 리 없습니다."

"……."

"생각할 수 있는 것은 한 가지뿐. 반크라이프트가의 약에 대해 자세히 아는 것보다도, 폐하가 무언가를 중요시해서 당신을 선택했다는 것. 그 폐하이니 무언가 교섭도 했을 테죠. 학원장과 폐하가 결탁했다면, 학원장은 직접 약을 구하려 하지 않을 겁니다. 그러니 연결되어 있지 않을 거라 생각했습니다. 제 약의 조제법은 폐하조차 모른다는 사실을 흄 군은 알고 있죠. 하지만 학원장은 그 사실을 몰랐어요. 흄 군과 학원장의 사이가 좋았다면 가르쳐줬을 겁니다. ……폐하를 제쳐두고 이러한 일을 벌이면 모반이 되니까요."

"뭐……."

눈을 크게 부릅뜨고 동요를 감추지 못하는 흄의 태도로 엘렌은 자신의 추리가 맞았다고 확신했다.

"아니, 어쩌면 흄 군은 학원장에게 전했을지도 모릅니다. 모반이 되어 곤란한 건 흄 군과 어머니니까요. 그러나 학원장은 전혀 귀를 기울이지 않았을 테죠."

엘렌은 말을 이었다.

"흄 군 자신이 약을 원했다고 가설을 세워 생각해보았습니다. 당신은 어머니를 구하기 위해, 반크라이프트령의 약에 관해 자세한 내용을 알고 싶어서 폐하와 교섭했다. 그리고 이번에는 학원장이 어머니를 방패로 삼아, 말을 듣지 않을 수 없는 입장에 있다."

"어째서…… 어째서……."

"그렇게 가설을 세우면 흄 군의 행동 전부가 납득이 되니까요. 당신은 이미 궁정 치료사라는 직함을 갖고 있습니다. 오히려 그것은 학원장에게 있어 자랑스러운 일일 테죠. 하지만 현실은 달랐습니다. 옆에서 보기에도 그걸 바로 알 수 있을 만큼."

엘렌의 말에 흄은 벌레라도 씹은 듯 떨떠름한 얼굴을 하고 있었다. 그것을 미안하게 여기면서 엘렌은 말했다.

"만약 어머니의 병이 고칠 수 있는 것이라고 한다면 어떻게 하겠어요?"

"……거짓말은 하지 말아줘. 네 약으로도 낫지 않았으니까."

엘렌의 약을 구하기 위해 흄은 학원장의 말에 따르고 있는 것인지도 모른다.

"제 약은 네 종류뿐이에요. 병의 증상에 맞춘 것을 처방한다고 흄 군에게도 전했을 겁니다. 그리고 저는 정령왕의 딸. 정령계에는 직접 환부를 고칠 수 있는 정령도 있습니다."

"……어디에나 효과가 있는 약이 아니라는 거야?"

"그렇습니다."

"어머니의 병은 그게 아니었다는 건가……?"

"생각할 수 있는 것은 유전자, 혹은 심인성…… 그 외에도 다양한 요인이 있을 수 있지만, 간단히 나눌 수 있는 건 그 정도일까요?"

"유전……?"

엘렌의 말에 흄만이 아니라 로벨과 카이도 고개를 갸웃거렸다.

"집안 내력에 병에 걸리기 쉬운 체질이라든가 하는 건 없나요? 그 나이가 되면 부모 형제가 그러한 병에 걸린다든가. ……다음은 환경 등도 관련이 있습니다만, 정신적으로 내몰린 일이 원인이 되어 생기는 병 등도 있습니다."

"내몰려서……."

정곡이었던 모양이다. 놀란 흄에게 엘렌은 미안함을 느끼면서도 교섭을 제안했다.

"예상이지만, 어머님의 병을 고치려면 먼저 환경을 바꿔야만 한다고 봅니다."

"어머니의 병이 나을 수 있는 거야?!"

"……의붓아버지와 거리를 두는 것이 어떨까요?"

"뭐야, 그런 거였나……."

나을 수 있다는 희망에 한순간 반짝였던 눈은, 단숨에 가라앉은 듯한 빛으로 변했다.

왜 그러나 생각하고 있는데 흄은 조금 주저하다 역시 이야기해야 한다고 생각했는지 조금씩 입을 열었다.

"어머니는 재혼이었지만, 그 남자한테는 본부인이 있었어. 그 여자 탓에 어머니는 몸도 마음도 엉망이 되어버렸고, 지금은 누워 있는 일이 많아."

"……."

"그 남자는 병상에 누워 지내게 된 어머니를 마음에 들어 하지 않았고, 이번에는 그 남자도 어머니를 못살게 굴기 시작했어. 그 후로는 악화 일로였지. 하지만 어머니의 용태를 살피는 것도 지금은 불가능해…… 만나게 해주질 않아."

"……어머님과 만나기 위해서, 학원장의 말을 따르고 있다는 건가요?"

"…………."

흄은 아무 말이 없었지만 이것은 긍정이나 다름 없었다.

학원장의 말을 실행할 수 없다고 확정되었기에 포기한 표정을 지었던 것이리라.

"흄 군. 조금 확인하겠습니다만…… 어머님은 학원장을……."

"농담하지 마. 어머니는 돌아가신 아버지를 지금도 사랑하셔. 그 남자와 재혼한 건 정말로 나를 위해서……."

"알았습니다! 그럼 집은 어딘가요?"

"……뭐?"

"어머님, 지금 당장 납치해버리죠!!"

"뭐어어어?!"

"……잠깐, 엘렌. 갑자기 무슨 말을 하는 거니?"

더는 참을 수 없었는지 로벨이 끼어들었다. 그러자 엘렌은 빙글 돌아서서 말했다.

"이건 거래예요. 우리한테는 그게 가능합니다."

"아니, 분명 가능하기는 한데?"

"……거래?"

"흄 군. 우리 영지는 일손이 부족하답니다. 특히 치료사가."

"뭐……? 나 일단 궁정에서 근무하고 있는데……."

"괜찮습니다. 폐하에게 말해도 같은 판단을 할 거라고 생각합니다."

"무슨 말이지……?"

이야기를 따라가지 못하고 혼란스러워하는 흄에게 엘렌은 싱긋 웃어 보였다.

"폐하는 저희에게 은혜를 베풀어두고 싶을 겁니다. 흄 군을 넘겨준다면, 약 거래를 배로 늘려주겠다고 전해주세요. 폐하는 아마도 당신을 궁정 치료사 자리에 둔 채로, 반크라이프트령으로 보내줄 겁니다."

"그건 정찰이나 마찬가지잖아!"

"그런데요? 하지만 우리에게는 아무런 영향도 없을 겁니다. 아, 그 뜻도 이미 알고 있다고 전해주셔도 괜찮습니다."

"……엉망이로군."

"우리로서는 이 방식이 평범합니다. 그래서 말이죠. 흄 군. 우리 영지에서는 사택이라는 방식을 채용하고 있답니다."

"사택······?"

"일해주신다면, 집을 준비해드리겠다는 의미입니다. 궁정에도 있지 않나요?"

엘렌의 말에 흄은 눈을 크게 떴다.

타지에서 일할 곳을 찾는 것만 해도 쉽지 않은 이 세계에서, 반 크라이프트령은 이주자가 계속 늘어나고 있는 상황에 가장 먼저 고용 문제에 착수했던 것이다.

"우리 영지에는 약을 원하는 환자분이 밀려들고 있습니다. 침상도 부족하고, 치료사도 충분하지 않죠. 그런 중에 치료사를 확보하기 위해 치료사가 일하기 편한 환경을 갖추기로 했답니다."

그 말에 넋이 나간 흄은 엘렌의 이야기에 아무런 반응도 없이 잠자코 듣고만 있었다.

"사택은 나름대로 넓답니다. 가족이 함께 사는 것도 가능합니다."

"그건······ 사실이야?"

"네. 그 일대의 집은 치료사의 집이라고 주변에 인식되고 있고, 물론 기사들이 경비로 일하고 있습니다. 우리 영지에서는 치료사의 집은 존경받고 있죠. 그중에는 타국에서 온 분도 계시고, 개선해야할 부분이 있으면 서로 이야기를 자주 나누기도 합니다······."

"내가······? 어머니와 함께 살 수 있다고······?"

"또한 폐하와 교섭해서 학원장에게 압력을 거는 것도 가능합니다. 학원장은 제게 약의 조제법을 알아내려 하고 있으니까요. 왕가를 제쳐두고 조제법을 알아내려 하고 있다고 전하면 폐하는 절대 잠자코 있지 않을 겁니다. 틀림없이 그 집안은 망할 테죠."

태연하게 그리 말하자 흄은 울 것 같은 얼굴을 하더니 와들와들 입을 떨며 평정을 잃었다.

학원장의 꿍꿍이는 다 들키고 말았다. 폐하에게 전해지는 것도 시간문제다. 베른드르의 저택에는 어머니가 남겨져 있다. 이대로는 부모와 자식 모두 죽을 각오를 해야만 한다.

"하지만 그건 사후보고여도 괜찮다고 생각해요. 우리라면 흄 군의 어머니를 지금 당장 구할 수 있는 수단이 있습니다."

"어떻게……? 지금 당장?"

"우리가 정령이란 걸, 흄 군은 알고 계시잖아요? 잊으셨나요? 전이할 수 있답니다."

키득키득 웃는 모습에 그제야 생각이 났다며 눈을 크게 뜬 흄은 순식간에 이쪽을 보는 눈이 바뀌어 있었다.

그야말로 신에게 매달리듯 울 것 같은 얼굴을 하고서, 지푸라기라도 잡는 심정을 소리쳤다.

"……부탁해! 부탁이야!! 어머니를 구해줘!!"

"알았습니다!"

교섭 성립이라며 엘렌이 싱긋 웃자 뒤에서 로벨과 카이가 쓴웃음을 지었다.

"설마 학원에 와서 치료과 견학 도중에 정보를 모조리 캐낸 데다가 궁정 치료사까지 끌어들이다니……."

우리 딸은 정말로 무슨 일을 벌일지 알 수 없다며 로벨은 어깨를 움츠렸다.

# 제16화 구출 작전

로벨에게 서둘러 전이를 해서 사우벨에게 사택 하나를 준비해주
길 바란다는 뜻과 그것을 준비할 때까지 저택의 방을 하나 빌리고
싶다고 전해달라 부탁했다.

그리고 거기에 더해 폐하에게 전언도 부탁했다. 로벨이 부탁하면
단번에 해결된다. 폐하도 금방 서류를 준비해주리라.

"정말이지. 엘렌은 부모를 마구 부려먹는다니까."

다녀올게, 인사한 뒤 로벨이 전이했다. 그리고 반을 불러 흄의 어
머니 구출을 계획했다. 다행히 학원장은 학원 부지 가장자리의 저
택에서 살고 있는 모양이었다.

엘렌과 흄과 반과 카이, 네 사람은 저택의 전모를 살필 수 있는
곳으로 전이했다.

하늘에서 정찰하겠다고 말하자 카이와 흄이 믿을 수 없다는 듯
이 눈을 동그랗게 떴다. 그래서 시험 삼아 아주 조금 상공까지 올
라가 보기로 했다.

참고로 흄은 반이, 카이는 엘렌이 손을 잡고 있었다.

"갈게요!"

둘이 동시에 둥실 떠오르자 카이와 흄은 굳어졌지만 조금씩 익
숙해져갔다.

그에 맞춰 천천히 상승하며 저택 위로 이동했다.

카이와 흄은 딱딱하게 굳은 상태에서도 겨우 눈을 뜨고 있었다.

"흄 군, 어머님의 방은 어디인가요?"

"아, 저쪽 3층 서쪽 끝 방이야……."

"그렇다는 건, 저 창문일까요?"

저택의 전모 확인보다는 우선 탈환에 집중했다.

전이하기 전에 반에게 저 방 주변의 인기척을 확인해달라고 부탁했다. 그러자 인기척은 하나뿐이라고 했다.

아마도 그것은 흄의 어머니라고 생각한 엘렌은 반과 얼굴을 마주한 후 고개를 끄덕였다.

엘렌 일행은 순식간에 실내로 전이했다. 그러자 그곳에는 심한 기침을 하고 있는, 몸 상태가 나빠 보이는 창백한 안색의 아름다운 여성이 있었다.

"쿨럭……."

"어머니!!"

"어……?"

방 안에서 갑자기 아들의 목소리가 들려 놀란 것이리라. 몹시 숨쉬기 힘들어했다.

흄이 서둘러 미안하다고 말하면서 어머니의 등을 쓸었다.

"갑자기 찾아와서 죄송합니다."

엘렌이 꾸벅 고개를 숙이자 어머니는 눈을 크게 뜨고 누구……? 하고 당황한 목소리를 냈다.

그리고 「흄, 너는 어디로 들어왔니?」 하고 고개를 두리번거리며 혼란스러워했다.

"저는 엘렌 반크라이프트라고 합니다."

"반크라이프트……? 그, 약을 만든다는……?"

병색이 있는 자에게 있어 반크라이프트가의 이름은 기사나 영웅의 본가라기보다도 약을 만든다는 의미가 컸는지도 몰랐다. 엘렌은 무심코 쓴웃음을 지었다.

"맞습니다. 흄 군의 어머니, 괜찮다면 저희 영지에서 요양하지 않으시겠습니까?"

"뭐……?"

"어머니, 더는 그 남자에게 의지하는 건 그만둬."

흄이 울 것 같은 얼굴을 하고 어머니의 손을 잡았다.

"나를 위해 재혼해준 건 알아. 하지만 이런 건 바라지 않았어. 어머니와 둘이서, 함께 있을 수 있다면 그걸로 좋았어…… 설령 가난하다고 해도, 떨어져 지내고 싶지 않았어……. 그 남자는 어머니를 만나지 못하게 해. 나는 몇 번이나 어머니를 만나게 해달라고 부탁했는데……."

"흄……."

"이대로는, 어머니가 죽고 말아……. 부탁이야. 더는 혼자 두지 마……."

울 듯한 흄에게 어머니는 조심스럽게 손을 뻗었고, 그리고 끌어안았다.

"미안하구나…… 내가 약한 탓에……."

"아냐. 그게 아냐. 전부 그 남자가 나쁜 거야. 어머니의 약점을 파고들어서, 이런……."

그 약점은 자신이라고 자각하고 있는 흄은 입술을 깨물었다.

"반크라이프트가의 공주님이 치료사를 모집하고 있대. 그래서 나, 궁정 치료사로서 파견되게 되었……다고 해야 하나? 저기, 그러니까 거기 가면 어머니와 함께 사는 것도 가능하대!"

흄이 빠르게 말을 쏟아낸 탓에 어머니는 더욱 혼란스러워했다.

"일단 장소를 옮길까요? 소지품은 이 방에 있는 게 전부인가요?"

엘렌의 말에 어머니는 혼란스러워하면서도, 그렇습니다만……?
하고 긍정했다.

"그렇다면 이 방 안의 것 전부 다 한꺼번에 전이하겠습니다! 사우벨 숙부님께 부탁해서 저택의 방을 하나 임시로 비워두었으니까요!"

억지로 말이죠, 하고 조용히 덧붙이며 엘렌은 반을 향해 돌아섰다.

반은 이렇게 많은 짐을 반크라이프트령까지 보낸다는 것에 긴장했지만 괜찮다고 말해주었다.

엘렌의 힘은 세계를 다스리는 모친에게 받은 것이다. 힘은 얼마든지 있다며 반과 손을 잡고서 둘은 눈을 감았다.


반크라이프트가의 저택으로 의식을 집중하자 객실 한쪽에서 사우벨과 로렌이 메이드와 사용인에게 지시를 내리며 허둥지둥 움직이고 있는 모습이 떠올랐다.

로벨이 이미 이야기를 전달했다는 것을 알았다. 그렇다면 괜찮을 거라고 반에게 전한 뒤 힘을 해방했다.

전이는 순식간이다. 눈을 뜨자 아래쪽에서 사우벨과 메이드들의 놀란 비명이 들려왔다.

엘렌들은 그 방에 있던 가구째, 사람도 포함하여 전이시켰다. 공중에 떠도는 엘렌들, 그리고 침대와 옷장 등의 모습에 사우벨 일행은 아연실색했다.

"숙부님!"

활짝 팔을 펼치고 공중에서 안기자 사우벨은 당황하면서도 받아주었다.

"에, 엘렌…… 놀라니까 이런 건 그만둬 주렴."

천천히 옷장과 침대가 둥실둥실 아래로 내려왔다.

침대 위에 있던 흄과 그 어머니는 서로를 끌어안은 채 놀라고 있었다.

"죄송해요. 저기, 서둘러 치료사를 파견해서 흄 군의 어머니를 진찰해주세요."

"아, 그래……."

아직 놀란 상태였지만 사우벨은 엘렌을 바닥에 내려놓고 아직 침대에 앉은 채인 흄의 어머니와 인사를 했다.

"그쪽도 깜짝 놀란 모양이로군. 조카딸 대신 사과하지. 나는 반 크라이프트가의 당주, 사우벨이라고 한다."

"아앗, 저기……! 이런, 차림으로……!"

"아니, 신경 쓰지 말게. 형님에게 사정을 조금 들었을 뿐이지만, 우리 영지에서 일해줄 치료사의 어머님이라고 하던데?"

"네, 네……?"

당황하면서도 흄의 모친은 인사를 했다.

"인사가 늦었습니다. 저는 리리아나 베른드르라고 합니다……."

"베른드르? 백작가인?"

사우벨은 놀랐다. 그리고 주변의 가구로 시선을 돌렸다. 시야에 들어온 가구는 사용인이 쓸 법한 일반적인 가구들뿐이었다. 백작 가의 사람이라고는 도저히 생각할 수 없었던 것이리라.

"……엘렌, 어떻게 된 거지?"

"자세한 건 밤에 이야기하겠습니다만, 간단히 설명하자면 악덕 백작가에 갇혀 있던 공주님을 구출해 왔습니다!!"

"고, 공주님을 구출……?"

"저, 저기! 제가 부탁했습니다!!"

흄이 허둥지둥 사우벨에게 말했다.

"어라? 자네는 어디선가……."

"오, 오랜만에 뵙습니다. 따님이 납치되었을 때, 전하와 동행하고 있던 궁정 치료사 흄이라고 합니다……."

"…………."

사우벨은 이번에야말로 굳고 말았다. 어째서 이런 곳에 궁정 치료사가? 하고 생각한 순간, 겨우 영지에 와준다고 들은 자가 이 궁정 치료사라는 것을 깨달았다.

"엘~렌~?"

"꺅!!"

"어째서 학원에 가서 궁정 치료사를 데리고 돌아오는 거지……? 그보다 베른드르는 대대로 학원을 관리하는 일족의 이름이 아니던가?"

그렇다. 엘렌을 학원에 보내라고 끈질기게 편지를 보냈던 집안이다.

그곳의 대표에게 이야기를 하러 갔을 터인 엘렌이 그 집의 안주인을 데리고 돌아왔으니 사우벨은 머리가 아파 왔다.

"엘렌이 하는 일은 전부 예측이 안 돼……."

"……죄송해요."

행동을 읽혀버리면 그건 그것대로 문제가 있다고 생각하는 엘렌에게서는 반성의 기색이 옅었다.

그런 생각을 하면서도 사죄하자 사우벨은 어제오늘 시작된 일이 아니었다며 포기한 기색이 섞인 한숨을 내쉬었다.

"아, 일단…… 로렌. 어머님을 불러주게. 여기는 여성에게 맡기는 편이 좋을 테지. 치료사도 여성으로 부탁하네."

"알았습니다."

"밤에는 자세한 이야기를 들려주겠다고 했지?"

"네. 일단 저희는 알리바이 입증을 위해 학원으로 돌아가겠습니다!"

"알리바……? 뭐, 됐다. 반드시 밤에 와야 한다. 형님과 함께."

"네. 그럼, 흄 군. 다시 학원으로 돌아가죠!"

척척 이야기를 진행해가는 엘렌들 사이에서 흄과 리리아나는 줄곧 눈을 동그랗게 뜨고 있었다.

"어? 뭐?"

"지금부터 학원으로 돌아가서 처음 예정대로 학원 안내를 해주세요. 우리는 쭉 함께 있었다. 학원장에게 그렇게 설명하기 위해서."

"어, 아…… 아, 알았어."

"리리아나 님, 나중에 천천히 모두와 이야기를 나눠요. 여기에는 요양하러 왔다. 그렇게 여기고 편히 계셔주세요. 백작가 일은 걱정하실 필요 없어요. 이쪽에서 설명해둘 테니까요!"

"그, 저기……?"

"괜찮아요. 금방 좋아질 거예요! 그럼!!"

엘렌은 반의 손을 잡고 카이와 흄도 데리고서 순식간에 전이했다. 남겨진 사우벨들은 그저 지친 한숨만을 내쉬었다.

*

원래 장소로 전이했다. 그리고 멍한 채인 흄의 눈앞에서 손을 흔들며 여보세요 하고 불렀다. 흄은 여전히 넋이 나간 상태에서 돌아오지 못하고 있는 모양이었다.

"괜찮은가요?"

"…………."

"흄 군?"

흄이 느릿느릿 주변으로 시선을 돌렸다. 그곳은 조금 전까지 자신들이 있던 곳이었다.

여기에서 전이한 지 아직 30분도 지나지 않았다. 조금 전과 다른 것은 폐하에게 설명을 하러 간 로벨이 아직 돌아오지 않았다는 정도였다.

"……꿈?"

"꿈이 아니에요. 리리아나 님은 우리 저택에 계세요."

"거짓말…… 이렇게, 이렇게 간단히……."

"학원장은 날뛸 거라고 생각하지만 말이죠. 거기에 더욱 타격을 줄 예정이니 더 날뛸지도 모르겠지만, 어머님은 피난시켜두었으니 일단은 괜찮을 거예요!"

"……훗."

갑자기 웃음을 터뜨린 흄을 보며 엘렌은 어찌 된 것이냐며 고개를 갸웃거렸다.

"정말이지. 대체 뭐냐고! 공주님!!"

"네?"

"정말…… 이렇게 바로 바람이 이뤄지다니…… 이렇게 간단히…… 그렇게 고민했는데……."

점점 말꼬리가 흐려지더니 흐느끼며 울기 시작한 흄에게 엘렌은 살며시 손수건을 내밀었다.

손수건을 받기 위해 뻗어졌다고 생각했던 흄의 손에 팔을 잡혔다.

순식간에 끌어안겨져 굳어진 채 눈을 크게 뜨자 흄은 울면서 고마워 고마워 하고 몇 번이나 감사 인사를 했다.

"네 이놈! 공주님에게서 떨어지지 못할까!!"

다음 순간에는 격분한 반에 의해 떼어졌고 엘렌은 그사이에도 멍한 채였다. 곧바로 엘렌을 뒤로 감춘 카이의 시선도 가라앉아 있다는 사실을, 카이의 등 뒤로 보내진 엘렌은 눈치채지 못했다.

"정말이지! 잠시도 방심할 수가 없군!!"

부들부들 화를 내며 반이 흄의 목덜미를 잡았지만 흄은 울면서도 우스워 참을 수 없다며 웃었다.

"아…… 기뻐도 눈물이 나온다는 건 정말이었어……."

흄이 꿈결처럼 말했다. 엘렌은 조금 놀랐지만 아무 일도 없었던 것처럼 행동했다.

"일단, 흄 군. 학원장이 무얼 묻든 아무것도 모른다고 시치미를 떼주세요. 학원장은 갑자기 사라져버린 리리아나 님을 찾을 테지만, 당신에게 그 사실을 들키면 장기 말로 쓸 수 없게 되니 리리아나 님의 일은 비밀로 할 겁니다. 이쪽의 준비가 끝나고 확실하게 리리아나 님을 돕기 위해서, 시간을 벌어주세요."

"……응. 물론이지. 어머니를 위한 일인걸."

"그런고로, 계속해서 치료과의 안내를 부탁드립니다!"

아무 일도 없었던 것처럼 행동하는 엘렌을 보며 흄은 눈을 동그랗게 뜨고 쓴웃음을 지었다.

"정말이지, 공주님은……."

"뭔가요?"

"…………어째서 구해준 거야? 나는 일단 왕가 쪽이기도, 학원 쪽이기도 했는데. 적이잖아?"

"적의 적은 아군?"

"뭐……?"

"저는 교환 조건을 걸고 흄 군을 구했다는 걸 잊은 건가요? 우리는 거래를 했어요. 감사하는 마음이라면 부디, 성심성의를 다해 일해주세요! 아, 그리고 정보를 주세요!"

엘렌이 웃는 얼굴로 그렇게 말하자 흄은 어깨를 으쓱이며 「내가 졌어……」 하고 조용히 중얼거렸다.

선악으로 판단해서 무상으로 행동을 취한다면 알베르트처럼 무겁게 받아들여 계속해서 신경을 쓰는 사람도 있다. 또 그것을 등에 업고 고압적인 태도로 대하는 학원장 같은 자도 세상에는 있다.

의심의 씨앗이 될 만한 것을 남기지 않고 서로를 존중하며 뒤탈이 없도록 이익을 추구했을 뿐이에요 하고 외쳤다.

"아, 과연. 공주님이 폐하와 당당하게 겨룰 수 있는 이유를 알 것 같은 기분이 들어……."

"……어째서죠? 칭찬받는 기분이 안 듭니다만."

「칭찬하는 거야」라고 웃으며 한 흄의 말에 엘렌은 고개를 갸웃거린 뒤 앞서 걷는 흄의 뒤를 카이와 함께 따라갔다.

＊

라비스엘의 집무실에 갑자기 나타난 로벨의 모습에 근위병들이 순식간에 검 자루에 손을 올리고 자세를 갖추었다.

"로벨. 예고도 없이 나타나면 언젠가 이 녀석들한테 베일 거야."

"폐하, 오랜만입니다. 폐하가 계신 곳에만 나타날 예정이니 폐하가 막아주시면 문제없습니다."

"말은 잘하는군."

웃으며 라비스엘은 근위병을 물렸지만 그 고개와 손은 서류를 향한 채였다.

그래서 무슨 용건이냐고 받아친 라비스엘에게 로벨은 단도직입적으로 말을 꺼냈다.

"폐하가 데리고 있는 궁정 치료사 한 명을, 엘렌이 원해서요."

"……호오? 엘렌의 부탁이라니 별일이군. 말해보게."

"보내준다면 거래하고 있는 약을 배로 늘려도 좋다고 말했습니다. 치료사의 이름은 흄이라고 합니다."

"아하핫!"

라비스엘이 갑자기 소리 내 웃자 로벨은 웃을 줄 알았다며 한숨을 내쉬었다.

"그에게는 관심을 두고 있었지. 파견한다는 형태라면 허락하겠네."

"그렇게 말씀하실 줄 알았습니다. 아니, 정말로 엘렌의 예상대로 이야기가 진행돼서 무섭군요."

"……네 딸은 정말로 알기 어려워. 네가 와줘서 오히려 다행이라고 생각했을 정도야. 추가 약이 두 배보다도 훨씬 적어졌을지도 몰라."

"아아. 딸이라면 분명 말꼬리를 잡아 깎을 것 같군요."

"뭐, 됐네. 흄에게 인사 명령을 내리면 되겠나?"

"아, 그리고 치료사의 모친도 함께 신병을 인수받고 싶습니다."

그 말에는 서류를 쓰고 있던 라비스엘의 손이 멈추었다.

"……거기는 베른드르였다고 생각하는데."

어찌 된 것이냐며 미간을 좁히는 라비스엘에게 로벨은 어깨를 으쓱여 보였다.

"학원장이 엘렌을 학원에 입학시키고 싶다고, 정말이지 끈질기게 연락을 해 왔습니다. 무슨 속셈인지 알아보니 약의 조제법을 알아내려 하는 모양이더군요. 아무래도 타국과도 연결되어 있는가 봅니다."

"나와 엘렌을 적으로 돌렸다는 건 알고 있었네만, 그게 어째서 치료사를 끌어들이는 데까지 생각이 미친 건지…… 정말로 엘렌은 재미있어."

라비스엘은 시커먼 웃음을 짓고 옆에 있던 백지를 손에 들더니 슥슥 무언가를 써나갔다. 그리고 사인을 해서 봉투에 넣어 봉랍했다.

"이걸 베른드르에게."

"감사합니다."

"엘렌을 적으로 돌린 무서움은 직접 경험했으니까. 그런데 학원에서 아들들과는 만났나?"

"아뇨."

"……호오?"

의미심장하게 웃는 라비스엘에게 로벨은 미간을 찌푸렸다.

"제가 접근하게 둘 리가 없지 않습니까?"

"그건 그렇지만. 그래, 그런가."

뭔가 자기 안에서 결론을 지은 라비스엘의 모습에 로벨은 안 좋은 예감을 느꼈다.

라비스엘은 그대로 하던 일로 돌아가려던 손을 멈추고 「그러고 보니」라고 말한 뒤 다시 로벨을 불렀다.

"약의 비율 말인데, 가능하다면 진통제 쪽을 늘려주게."

"어째서죠?"

"그건 잘 듣거든."

"어라? 어디가 안 좋으십니까?"

"두통이 심해서. 자기 전에 먹으면 잠이 잘 오더군."

"……설마 술과 함께 복용하는 건 아니시겠죠?"

"…………."

로벨의 말에 라비스엘은 홱 고개를 돌리고 다시 작업을 시작하려 했다.

"일찍 죽고 싶은 게 아니라면 술이랑 함께 복용하는 건 절대 하지 마십시오. 그리고 상용하면 위가 상하는 데다 약효가 듣지 않게 된다고 합니다."

"……그런가?"

"엘렌이 말하길, 내성이 생기고 만다더군요. 몸이 약에 익숙해지고 마는 걸 테죠."

"……그런가."

기분 탓인지 아쉬워하는 라비스엘의 태도에 로벨은 눈을 깜빡였다. 이렇게 솔직한 성격이었나? 하고 자신의 눈을 의심하지 않을 수 없었다.

엘렌은 이렇게까지 폐하를 교정시키고 만 것인가 하고 로벨은 자신의 딸이 두려워졌다.

"아, 그렇지. 사우벨도 하고 있는 그건 어떨까요?"

"그거?"

"딸이 제안한 겁니다만, 몸을 씻을 때, 따뜻한 물에 적신 천을 꽉 짜서 쓰지 않습니까? 물을 조금 뜨겁게 하고, 꽉 짠 천으로 눈가를 덮는 겁니다."

"……눈을?"

"침대에 누워서 이렇게, 그 천으로 눈을 덮으면 말이죠. 기분이 좋답니다. 잠을 잘 못 자는 데다 잠들어도 얕게 자는 동생이 순식간에 잠들 정도랍니다. 동생은 완전히 습관이 되었다더군요."

시험해보시면 어떻겠습니까? 하는 말을 남기고 로벨은 사라졌다.

그 말을 듣고 라비스엘은 잠시 생각에 잠겼지만 휴식 시간을 알리는 종을 울려 시종을 부르고 바로 준비를 시켰다.

소파에 누워 눈가를 데운 천으로 덮자 옆에 있던 근위병들이 놀랐다.

폐하?! 하고 불렀으나 라비스엘은 대답을 하고 싶지 않을 만큼 놀라고 있었다.

"……이건."

무심코 몸을 일으켜 눈가를 덮고 있던 뜨끈한 천을 빤히 보고 말았다.

그리고 잠시 자겠다는 말만을 남기고 다시 눈가에 천을 올려두었다. 그다음의 기억은 없었다.

라비스엘은 순식간에 잠들어 버린 자신에게 놀랐다. 게다가 잠시 잠을 자면서 두통이 완화되고 눈의 피로도 풀려 있었다.

이건 어쩌면 어깨가 뭉치는 데도 좋지 않을까? 하고 라비스엘은 생각했다. 이번에는 옷을 벗고, 상반신 알몸이 된 라비스엘을 보고 근위병들이 「정신이 어떻게 되신 겁니까?!」 하고 당황했다.

사우벨과 마찬가지로 습관이 되어버린 자가 나타난 순간이었다.

# 제17화 호랑이 귀

안내된 정원에서 엘렌이 두근두근하며 주변을 둘러보던 때였다.

문득 발아래가 푹 빠졌다.

"공주님!"

균형을 잃고 지면에 쓰러질 뻔하던 것을 아슬아슬하게 카이가 안아주었다. 한발 늦은 반은 잔뜩 일그러진 얼굴이 되었지만 엘렌은 눈치채지 못했다.

"괜찮으십니까?"

"아, 고마워요……."

카이가 웃으며 엘렌을 지면에 살며시 내려놔 주었다.

"너무 두리번거리다 보면 땅에 발이 걸립니다."

키득키득 웃는 카이의 모습이 낯설어 깜짝 놀라 빤히 바라보고 말았다.

"아, ……저기, 죄송합니다. 웃어서."

"네? 아, 미안해요."

사과하면서도 줄곧 카이를 보고 있으니 카이는 점점 뺨을 붉히며 「왜 그러시는지……?」 하고 엘렌에게 물었다.

"카이 군이 웃는 게 신기해서요."

"아……, 저기, 호위라서. 늘 마음을 다잡아야 합니다."

호위는 그다지 감정을 드러내지 않는 훈련을 받는다고 한다.

"그렇구나."

"아, 저기, 엘렌 님? 그렇게 반짝반짝한 눈으로 보신들, 더는 안 웃습니다."

"네에?"

싱글벙글 웃고 있는데 더는 참을 수 없게 된 반이 카이를 홱 떼어낸 후 으르렁거렸다.

"꼬맹이, 공주님을 위험에서 구한 건 칭찬해주지. 하지만 필요 이상으로 접근하지 마라!"

크르르릉 하고 으르렁대는 소리가 들려올 것만 같은 반의 등 뒤로 떠밀린 엘렌은 카이 군이 안 보여요! 하고 소리쳤다.

"……너희들, 언제나 그러는 거냐?"

기가 찬다는 듯한 흄의 목소리가 들렸다. 세 사람은 서로의 얼굴을 바라보며 늘 그렇던가? 하고 동시에 되물었고 흄은 정말 사이가 좋다며 웃었다.

"걸음을 멈추게 해서 미안해요. 다음은 넘어지지 않도록 조심하겠습니다."

사과하고 다시 걸음을 옮기려던 때 조금 위화감이 느껴졌다.

'……?'

살짝 둥실둥실한 감각이 덮쳐들었지만 기분 탓이라고 생각했다.

흄을 따라 더욱 안쪽으로 가자 숲의 오솔길에서 갑자기 탁 트인 장소가 나타났다.

안쪽에는 커다란 호수가 있었고 학생들이 들어오지 못하도록 울타리가 설치되어 있었다.

그 바로 앞에는 자그마한 저수지 같은 인공적인 연못도 있었다. 그곳에서 조금 전의 수로가 뻗어 나와 있었다.

"이건 상당히……."

계산하여 만들어진 밭이었다. 게다가 헛간 같은 오두막도 있었다. 일정한 간격으로 나뉜 밭에는 조금 신기한 방식으로 심어진 식물도 보였다.

"이거…… 어째서 밭 주변을 둘러싸듯이 심은 건가요?"

"이건 냄새가 강한 식물이야. 카렌이라고 하는데, 방충용으로 쓰이지."

"그런 식물이 있나요?"

이 냄새는 맡아본 적이 있다. 독특하고 강한 냄새에는 그런 용도가 있었던 거냐며 눈을 크게 떴다.

이름은 다르지만 제라늄이리라. 제라늄이 그런 역할을 해준다는 것은 몰랐다.

지구와 같은 식물이 있다는 것은, 옛날을 떠올리게 해 반가웠다. 흐려져가는 기억이 되살아나는 감각에 빠져 조금 쓸쓸해졌다.

"공주님?"

반이 빠르게 엘렌의 상태를 눈치챘다. 아무것도 아니에요 하고 웃으며 고개를 저었다. 그러다 문득 연못 쪽에 심어진 나무들 사이의 지면을, 옛날에 본 적이 있는 식물이 온통 뒤덮고 있다는 사실을 깨달았다.

지면을 동그란 형태의 잎이 가득 뒤덮었고 갈색을 띤 가느다란 줄기가 뻗어 나와 그곳에 흰 꽃이 잔뜩 피어 있었다.

어라? 하고 생각하며 다가가자 흄이 가르쳐주었다.

"그건 눈의 잎이라고 하는데, 물가와 음지를 좋아해. 그건 어디에든 쓸 수 있어. 잎을 즙을 내서 환부에 바르는 거야. 염증 같은데도 효과가 있고, 먹으면 감기에도 듣지. 건조한 건 해독제로도 쓰이니까, 치료사 제자들은 그걸 키우는 것부터 배워."

기초 중에서도 기초인 식물이라는 설명을 들으며, 엘렌은 반가운 나머지 무심코 외치고 말았다.

"호이초(虎耳草)다!"

"호, 이, 초?"

반가워하며 무심코 주저앉아 바라보았다.

규슈에 살던 조부모가 소중하게 키웠었다. 민간에서 약으로 쓰였다고 하며, 어릴 때 무릎이 까졌을 때 잎을 손으로 문질러 으깨서 그대로 발랐던 기억이 있었다.

쑥 같은 것도 그랬다. 엘렌은 「그렇지. 쑥도 좋은데. 없으려나?」라고 말하며 보물찾기를 하듯이 눈을 빛내면서 두리번두리번 주변을 살폈다.

호이초는 잎을 튀겨 먹을 수도 있다. 먹을 수 있고 약으로도 쓸 수 있다니 훌륭하다.

"공주님은 그걸 잘 알아?"

"아는 사람이 키워서 조금 알아요!"

"반크라이프트령이라면 치료사가 많으니까 잔뜩 키우고 있겠지?"

"아…… 저, 사람과는 되도록 얽히지 않도록 하고 있어요. 제가 약을 준다는 소문이 나버려서."

"……그랬구나. 미안."

"아니에요. 하지만 그립네요. 그 사람이 있죠, 호이초라고 말했어요. 먹을 수 있고 약으로도 쓰인다고. 호이초의 뜻은 있죠, 호랑이 귀랑……."

잎 형태가 닮았다고 말하려던 순간, 뒤에서 히익 하는 비명이 들려 무심코 돌아보고 말았다.

반이 머리에 양손을 올리고 무언가를 감추려 하고 있었다.

"반 군……?"

"고, 공주님! 제 귀는 못 먹습니다!!"

휙휙 고개를 젓는 반의 안색이 창백했다. 자세히 보니 너무나도 놀랐는지 반의 머리에는 두 개의 귀가 뿅 나와 있었고, 꼬리가 잔뜩 부풀어 경계한다는 것을 알 수 있었다.

무심코 엘렌이 싱긋 웃자 그걸 본 반이 「고, 공쥬님?!」 하고 뒤집힌 목소리로 소리쳤다.

애슈트의 흉내냐며 참지 못하고 소리 내 웃고 말았다.

"농담이에요. 호이초는 말이죠, 잎 모양이 호랑이 귀랑 닮았다는 의미예요. 봐요, 닮았죠?"

큼지막한 잎을 가리키자 흠이 비슷한 크기의 잎을 대충 두 장 뜯었다. 그리고 그것을 엘렌의 머리에 붙였다.

"아, 정말이다. 귀 같아."

환하게 웃는 얼굴의 흄 옆에서 반이 「저랑 똑같습니다!」라며 기뻐했다. 카이에 이르러서는 엘렌을 빤히 보더니 점점 웃는 얼굴이 되었다. 그리고 「귀엽습니다」라며 폭탄 같은 발언을 했다.

뭐야? 이건 코스튬플레이야? 하고 무심코 머리에 꽂힌 잎을 떼려고 뻗은 두 팔을 흄에게 잡혔다.

"안 돼. 공주님."

"꺄아아아 잠깐 이거 부끄러워요!!"

「하지 마요, 하지 마요」라고 필사적으로 말했지만 흄은 줄곧 짓궂은 미소를 지은 채였다.

반은 기뻐하고 있고 카이에 이르러서는 묘하게 좋은 미소를 뿌려대고 있었다.

점점 뺨이 붉어져가는 것을 스스로도 알 수 있었다. 귀까지 빨개진 것 같았다.

머리를 흔들면 된다고 나중에 깨달았지만 너무나도 부끄러운 나머지 굳어져서 부들부들 떨기만 했다. 그러던 중에 갑자기 바로 옆에서 기척이 느껴졌다.

"우리 공주님한테 무슨 짓이지?"

묘한 위압감을 발하는 로벨에게 놀란 흄이 퍼뜩 손을 놓았다.

때는 지금이라며 자유로워진 손으로 머리의 잎을 떼려고 하자 이번에는 로벨에게 손을 잡혔다.

"어쩐지 우리 딸이 더 귀여워졌는데?"

싱글벙글 웃는 얼굴인 로벨에게 「너도냐!!」하고 마음속으로 무심코 태클을 날렸다.

그러나 로벨은 엘렌의 이변을 눈치챘는지 바로 엘렌의 손을 놓아주고 갑자기 진지한 얼굴을 했다.

그 순간 잎을 머리에서 떼고, 정말! 하고 흄들에게 화를 내려 하던 엘렌은 눈앞이 어릿하고 일그러지는 것을 느꼈다.

"이런."

이번에는 로벨이 재빠르게 엘렌을 받쳐주었다. 왜 그러니? 하고 로벨이 엘렌의 뺨에 손을 대더니 열이 있다고 말했다.

"……네?"

"엘렌, 왜 그러니? 열이 나는데."

로벨에게 안긴 채 서로 이마를 콩 맞대자 분명 로벨의 이마는 차갑게 느껴졌다.

"앗! 설마!!"

반이 당황하며 조금 전의 일을 보고했다. 그러자 로벨은 눈썹을 모으며 「방에 있는 걸 전부?」하고 되물었다.

"엘렌, 그렇게 힘을 쓰니 이렇지…… 어째서 그렇게 무모한 짓을 했니?"

잠시라도 눈을 떼면 이렇다니까 하고 로벨이 한숨을 내쉬었다.

"자, 잘못했어요……."

엘렌은 자신의 힘을 과신하여 지나치게 쓰고 만 모양이었다. 약을 만들 때도 언제나 로벨에게 제지를 당하거나, 하루에 이만큼만 하고 주의를 받았던 것을 완전히 잊고 있었다.

"오늘은 그만 마무리하지. 카이, 학원장에게 흄을 당분간 빌리겠다고 연락해라."

"알았습니다."

"저, 저를요?"

"자네는 치료사가 아닌가? 상태가 나빠진 사람이 있으니 당연하다……라고 말하고 싶네만, 엘렌이 바로 이쪽으로 돌아온 이유를 배려해야만 하겠지. 자네 모친을 숨길 틈 같은 건 없었다고 하는 상황을 만들어야만 하네."

면목 없습니다 하고 흄이 허둥지둥 고개를 숙였다.

자신들의 바람을 이루어주느라 엘렌이 쓰러지고 말았다며 죄송하다는 얼굴을 하고 있었다.

"엘렌, 이제 조금 잘까? 밤이 되면 아버지가 사우벨이 있는 곳으로 데려가 줄 테니까."

"네……."

그대로 힘을 잃고 로벨의 어깨에 고개를 기댔다. 그러자 몸은 역시 한계를 호소하고 있던 모양이었다.

그대로 엘렌은 스륵 잠에 빠져들었다.


갑자기 잠들어 버린 엘렌을 보며 카이들은 괜찮은 것인가 싶어 어찌할 바를 몰라 했다.

"너희들…… 조금은 엘렌을 말리는 걸 배우도록."

"죄송합니다."

"제가 옆에 있었는데도……."

"몇 번이고 말했을 텐데? 엘렌은 무의식적으로 무리를 한다고. 엘렌이 저지르는 일은 반드시 커진다. 힘을 쓰면 그에 비례한 대가를 반드시 짊어지지. 말로 주고받는 정도로 끝나면 다행이지만, 힘을 쓰면 이렇게 되니 그다지 인간계에 관여하게 하고 싶지 않아……."

엘렌의 머리를 쓰다듬는 로벨의 목소리는 딸에 대한 사랑으로 가득했다.

"흠. 성으로 돌아가면 폐하께서 인사 명령을 내리실 거다. 그리고 네 모친 말인데."

"네, 네!"

"바로 이혼하시라고 말씀드려라."

"바, 바로? 할 수 있다면 그렇게 하고 싶습니다만, 어째서입니까……?"

"그 남자가 뒤에서 무얼 하고 있는지 폐하께 보고했다. 폐하는 자신과 엘렌을 적으로 돌렸다고 직접 말씀하셨다. 네 의붓아버지는 재판을 받을 거다."

"앗……."

"너는 폐하에게 주목을 받고 있다. 너에게 피해가 미치는 건 조금 기다려주실 테지만 서두르는 편이 좋을 거다. 오늘 밤, 그 이야기도 나눌 테니 함께해라."

"네, 네……."

너무나도 놀란 나머지 대답 이상의 말은 나오지 않았다. 약의 조제법을 알고자 했던 의붓아버지가 뒤에서 무언가 터무니없는 짓을 벌이고 있다는 것을 알고 있었다. 타국과 연결되어 정보를 넘기는 일도 있었다.

그런 중에 폐하가 이렇게까지 움직인다. 그것은 반역이 확정된 순간이었다.

"엘렌에게 손을 대면 이렇게 된다. 기억해둬."

로벨은 그대로 먼저 객실로 돌아가겠다고 말하고 전이했다.

남겨진 자들은 서로 얼굴을 마주했다.

"나는 계속해서 정보를 모으겠다. 너희는 바로 공주님 곁으로 가라."

"알았습니다."

"아, 그 전에 약초를 조달하게 해줘. ……아, 공주님한테도 들으려나? 정령이지?"

"공주님은 인간의 피를 이어받으셨으니 들을 테지."

"그렇구나. 그럼……."

호이초로 시선을 준 뒤 이걸로 하자고 흄이 말했다.

"나는 먼저 가지. 나중에 와라."

그런 말을 남긴 반도 사라졌다. 남은 두 사람도 서로를 마주 본 후 나중에 보자고 말하며 헤어졌다.


혼자 남은 흄은 헛간으로 가서 말린 호이초를 손에 들었다. 그리고 조용히 중얼거렸다.

"엘렌 님에게 손을 대면 이렇게 된다……."

의붓아버지는 엘렌의 약 조제법을 탐냈다. 그것은 분명 폐하도 잠자코 있지 않을 거라고 엘렌은 말했었다.

하지만 곧바로 벌을 받을 정도의 일이란 대체 무엇인가 하며 머리를 굴려보다가 겨우 사건의 중대함을 깨달았다.

"설마, 정말로 공주님의 약을 타국에……?"

엘렌의 약은 나라의 이익이 된다. 실제로 타국이 약을 원해서 다양한 물건과 교환해달라고 왕가에 편지가 대량으로 날아든다고 들었다.

학원장이 학원을 통해서 타국과 교류한다는 것은 알고 있었지만, 약을 입수해 비밀리에 타국으로 빼돌리려 했다는 사실을 깨달은 순간 흄은 흠칫하고 말았다.

"하지만 뭘까…… 그 녀석이 벌을 받게 되니 기뻐야 하는데……."

그 남자에게는 분명 도움을 받았다. 하지만 그 후 학대받는 어머니를 보아오며 원망하고 또 원망했을 터였다. 그런데 어째서 기쁘다는 생각이 들지 않는 것일까.

자신이 일찌감치 자립해 어머니를 구하겠다는 그 일념으로 노력해왔다.

졸업하면 왕도에 자그마한 방이라도 빌려서 어머니와 함께 살겠다 생각하고 있었다. 그 남자에게서 벗어나면 그것으로…….

"벗어날 수만 있으면, 그걸로 좋았는데……."

딱히 그 후, 그 남자가 어찌 되든 알 바 아니었다. 죽이고 싶을 정도이기는 했지만 분명 은혜도 느꼈다. 그렇기에 발판으로 삼아주겠다고 생각했었다.

"어머니도 복잡한 표정을 지으시겠지……."

흄은 쓴웃음을 지었다. 어쩌니저쩌니 해도 자신들은 그 의붓아버지에게 분명 도움을 받았다고 실감했던 것이었다.

# 제18화 전조

자신의 방에서 정보를 대강 다 모은 가디엘은 한숨을 내쉬었다.

학원장의 주변을 모조리 조사했는데, 타국과 손을 잡았을 뿐 아니라 약의 전매와 같은 이런저런 계획을 세우고 있던 모양이었다.

어느 정도의 증거를 모아 협력하던 귀족들의 이름을 밝혀냈지만 학원에서 움직일 수 있는 규모를 훨씬 뛰어넘고 있어 가디엘은 우선 폐하에게 협력을 청했다.

"…………."

움직일 수 있는 말이 적다. 순간적으로 그리 생각했다.

폐하가 이러한 사태에 빠졌다면 나이와 관계없이 라비스엘은 자력으로 모든 것을 해냈으리라. 그걸 알고 있기에 자신의 부족함만이 눈에 들어오고 말았다.

'이대로는 안 돼…….'

지금까지 자신이 얼마나 정신이 팔려 있었는지 아플 만큼 깨달았다.

라비스엘이 가디엘을 반크라이프트령으로 보냈던 이유도 지금이라면 알 수 있었다.

왕족으로서, 그리고 자신이 지금까지 엘렌에게 한 행동이 부끄러워 견딜 수 없었다.

"······하아."

가디엘의 한숨을 가장 먼저 눈치챈 포겔이 조용히 가디엘의 옆에 홍차를 내려놓았다.

"아아, 고맙네."

"전하, 조금 쉬는 게 어떠시겠습니까? 어제부터 그다지 잠도 안 주무셨잖습니까?"

"아니······ 그렇군. 조금 쉬지."

가디엘이 차를 향해 손을 뻗고 있는 옆에서 포겔이 흐트러진 자료를 정리했다. 그걸 잠자코 지켜보며 가디엘은 조용히 말했다.

"내 행동은 기분 나빴던 건가······."

가디엘의 중얼거림에 포겔은 들고 있던 자료를 주르륵 흘렸다.

바닥으로 팔랑팔랑 종이들이 쏟아졌다. 드물게도 동요한 모습을 보인 포겔을 본 가디엘은 긍정으로 받아들이며 소파에 몸을 웅크리고 앉아 낙담했다.

"아, 아니, 그, 전하······."

"아니, 됐네······ 객관적인 말을 듣고 나도 깨달았어······."

"저, 전하······?"

엘렌에게도 그렇게 여겨졌을 것이 틀림없다. 가디엘이 옆에 다가가려 하면 겁을 먹고 도망쳤으니까.

'아니, 하지만 방에 와줬을 때······.'

먼 거리에서라면 이야기를 해도 좋다고 말해줬던 일을 떠올렸다. 싫어한다면 애초에 찾아오는 일도 없지 않았을까?

"……."

싫어한다고는 생각하고 싶지 않았다. 그 엘렌의 행동에 일말의 희망을 가졌다.

"전하! 큰일입니다!"

갑자기 방에 들어온 라베의 모습에 가디엘은 흠칫하며 놀랐다.

"잠깐, 어째서 소파 위에 그런 자세로 계신 겁니까?"

라베가 기막혀하며 그리 말하자 가디엘은 자신이 소파 위에서 무릎을 끌어안고 있었다는 사실을 떠올린 뒤 어흠 헛기침을 하며 슬쩍 자세를 바르게 했다.

"신경 쓰지 말게. 그보다, 무슨 일이지?"

"아! 그랬죠! 큰일입니다. 엘렌 님이 쓰러지셨습니다!"

말하자마자 벌떡 소파에서 일어난 가디엘은 방에서 뛰쳐나가려고 하다가 문 앞에서 굳어졌다.

"왜, 왜 그러십니까?"

가디엘의 모습에 라베들이 놀랐다.

"……엘렌의 용태는?"

"열이 나서 쓰러지셨다고 합니다. 방에 돌아가 로벨 님이 간병을 하고 계시다고……."

"알았네. 누가 병문안 선물을 전달해주게."

"아니, 저기, 네……?"

가지 않는 거냐며 라베가 당황하고 있다는 사실을 깨달은 가디엘은 쓴웃음을 지었다.

"나는 저주받았으니까. 엘렌의 상태가 나쁘다면 더더욱 가까이 가지 않는 게 좋겠지."

"……전하?"

대체 어찌 된 것이냐고 라베가 포겔을 빤히 바라보았다. 포겔은 잠자코 고개를 가로저었다.

"아, 깜빡했습니다. 한 가지 더 있습니다."

"……뭐지?"

깜빡하다니 대체 뭐냐면서 가디엘이 어이없어하고 있는데 라베는 한숨을 섞어가며 보고했다.

"라필리아 님이 성가신 일에……."

가디엘은 이번에는 또 무슨 일을 저지른 것이냐는 표정이 되었다.

그리고 사정을 듣자마자 가디엘은 머리를 감싸 쥐고 소파에 드러누워 버렸다.

*

한편, 방으로 돌아온 로벨은 엘렌을 침대에 눕히고 이마에 손을 올렸다.

엘렌의 이마는 아주 뜨거웠다. 이전에 약을 만들었을 때와 같았다. 엘렌의 해열제를 3등분해서 먹이려 했지만 엘렌은 눈을 뜨지 않았다.

"엘렌? 약이야."

호흡은 하고 있었으나 꼼짝도 하지 않는 딸의 모습에 로벨은 점점 침착함을 잃고 말았다. 차가운 물에 적신 천을 짜서 엘렌의 이마에 올려도 곧바로 미지근해졌다.

오리진도 엘렌 곁으로 오고 싶어 했지만 오리진이 학원에 오면 주변에 이변이 일어나니까 조금 기다려달라고 로벨은 말했다.

로벨은 방에 결계를 펼치기 위해 의식을 집중하다 문득 엘렌이 했던 말을 떠올렸다. 여기저기에서 기척을 느낀다고 했었다.

'정령이 지하에 잔뜩 있는 거라고 생각했는데…… 혹시 작은 힘이 분산되어 있는 건가……?'

무언가 생각날 것 같았지만 마침 결계가 다 펼쳐졌고 로벨은 오리진을 불렀다.

"오리!"

여보~! 하는 목소리와 함께 오리진이 나타났다. 로벨이 엘렌의 열을 내려달라고 말하려 한 순간, 엘렌을 곁에서 본 오리진은 놀라며 엘렌! 하고 소리쳤다.

"큰일이야……!"

언제나 느긋하던 오리진의 당황한 모습에 로벨이 놀랐다.

대체 어찌 된 것이냐고 의아하게 여기며 묻자 오리진이 차분한 얼굴을 하고 말했다.

"침착하게 들어. 엘렌의 영혼이 여기에 없어."

"영……?"

"엘렌의 핵 같은 거야. 이대로는 아주 위험해."

"뭐……?"

동요하는 로벨에게 오리진은 서둘러 말했다.

"힘들 거라고 생각하지만 학원 전체에 결계를 펴줘. 영혼은 마소와 같다고 생각하면 돼. 엘렌이 여기에서 움직일 수 있게 해줬으면 해."

"움직인다고……?"

"당신, 진정해. 서둘러 대정령들을 데려올게. 우리가 엘렌을 찾는 사이에, 엘렌의 몸을 지켜줘."

"……"

"여보!"

넋을 잃고 있던 로벨의 뺨을 오리진이 찰싹 때렸다.

"멍하니 있을 때가 아니야! 내가 결계를 펼치면 힘이 너무 세서 학원이 짓뭉개질지도 몰라. 서둘러줘!"

"알았어……!"

로벨은 서둘러 학원 전체에 결계를 펼쳤다. 서두르겠다는 말을 남긴 오리진은 사라지고 말았다.

멍하니 서 있던 로벨은 빨개진 얼굴을 한 엘렌을 들여다보았다.

"위험하다고……?"

엘렌은 괴로워하며 하아하아 하고 호흡하고 있었다. 로벨은 엘렌, 엘렌, 하고 몇 번이나 불렀다. 그러나 엘렌은 축 늘어진 채 눈을 떠주지 않았다.

"엘렌……!!"

방에 로벨의 비통한 외침이 메아리쳤다.

# 제19화 학원에 숨겨진 것

엘렌은 둥실둥실 파도 속을 떠다니는 감각에 빠졌다.

조금 전 로벨의 품 안에서 잠든 느낌이었는데, 어째선지 시야 가득 푸른 바다가 펼쳐져 있었다.

꿈결 같은 둥실둥실한 감각에서 빠져나올 수가 없었다. 자다 깨서 잘 돌아가지 않는 머릿속으로 여기는 어디일까 하며 일어나려고 눈을 깜빡였다.

'……하늘 위?'

발아래에는 학원이라고 여겨지는 건물이 있었다. 머릿속으로 입체화했었던 그 모형과 똑같았다. 일어나 보니 바다라고 생각했던 것은 푸른 하늘이었던 모양이었다.

어찌 된 것인가 하며 자신의 몸을 내려다보니, 어째서인지 몸이 반투명화되어 비쳐 보였다.

'……꿈?'

자신의 손을 찬찬히 보며 고개를 갸우뚱했다. 머릿속은 붕붕 떠 있는 느낌인 채였다.

꿈인가? 중얼거리며 발밑의 성을 보았다. 역시 넓은 성이구나 명하니 생각하고 있는데 문득 학원 곳곳에서 자그마한 붉은 알갱이가 천천히 공중으로 뿜어져 나오는 것이 보였다.

'……저건 뭐지?'

옆으로 가보려고 생각하자 허공을 부유하는 감각과 똑같이 행동할 수 있었던지라 특별히 혼란스러워하는 일도 없이 옆으로 다가갈 수 있었다.

자그마한 알갱이가 퐁퐁 성 곳곳에서 뿜어져 나오고 있었다. 만지려 하자 슥 빠져나간 알갱이는 사라지고 말았다.

뿜어져 나오는 입구로 다가가려고 알갱이를 따라가 보니 그곳은 수상쩍다며 점찍어 두었던 그 공간이었다. 각 탑의 두 곳에서 벽을 빠져나와 둥실둥실 떠도는 붉은 알갱이. 그것은 학원 전체를 뒤덮을 정도로, 천천히 시간을 들여서 공기 속에 녹아들었다. 그 자잘한 알갱이는 마치 학원 전체를 감싸고 있는 듯 보였다.

'잠깐, 이건……'

안 좋은 예감이 들었다. 확인하기 위해 다시 상공에서 성을 내려다보았다. 그러자 성 중앙에 알갱이가 가장 많이 뿜어져 나오는 곳이 있었다.

그리고 그 붉은 알갱이에서 안 좋은 기척이 느껴졌다. 이것은 그때 느꼈던 정령의 기척이다. 하지만 이건 너무나도 힘이 작다. 하나하나의 알갱이가 작은 것처럼, 정령의 기척이 분산되어 있었다.

학원 곳곳에서 자그마한 기척을 느꼈던 것은 이것이었나 하고 엘렌의 머릿속이 급속하게 차가워졌다.

그리고 본능으로 알았다. 이 알갱이는 마소다. 정령의 소체인 마소 알갱이다.

'잠깐…… 기다려…… 이거, 전부『같은 거』잖아……!'

눈앞의 알갱이가 순식간에 무시무시한 것으로 변했다. 점점 손이 떨리고, 온몸이 떨려왔다. 어쩌면 좋을지 몰라 당황했다. 애초에 어째서 자신이 반투명한 존재가 되어 허공에 떠 있는지도 알지 못했다.

대체 무슨 일이 일어나고 있는지 알 수 없어 오리진을 부르려다…… 그만두었다.

'꿈일지도 모르지만, 이렇게 형편 좋게 보이다니 이상해……. 보이지 않았던 게 지금은 보이고 있어…… 혹시 이걸 따라가면, 정령이 있는 곳을 알 수 있을지도 몰라.'

꿀꺽 침을 삼키고 자신의 뺨을 찰싹 쳤다. 아픔은 전혀 느껴지지 않았지만 좋아! 하고 기합을 넣은 뒤 성 중심으로 서둘러 갔다.

마침 점심시간이었는지 사람들의 시끌벅적한 목소리가 가까워졌다. 로벨이 없을 때 인간에게 접근하는 일은 거의 없었던지라, 깜짝 놀라며 그림자 뒤로 숨어서 접촉하지 않도록 살금살금 이동했다.

인간과 눈이 마주친 느낌이 들어 들켰나 생각했지만 자신은 반투명해진 상태라서 아무래도 인간에게는 보이지 않는 모양이었다. 그 사실에 조금이나마 안도하며 한숨을 내쉬었다.

기사탑 쪽에 내려서자 그곳에는 예배당 같은 건물이 있었다. 기사탑에서 보아 북쪽에 있는 중앙 교회다. 다가가면 다가갈수록 일면이 붉게 물들어갔다. 문은 활짝 열려 있었다. 주변을 몰래 둘러보고 안으로 미끄러져 들어갔다.

지구에서 보았던 교회와 구조는 그다지 다르지 않았다. 천장은 높고 중앙의 통로에는 붉은 융단이 깔려 있었으며 안쪽에 있는 제단을 향해서 의자가 일정한 간격으로 놓여 있었다.

그리고 제단 안쪽에 있는 여신상으로 시선이 옮겨갔다. 닮지는 않았지만 자애 넘치는 여신은 어머니인 오리진을 본떠 만들어진 모양이었다.

무언가를 바치듯이 오른손을 천장을 향해 들고 있었다. 그 손에서 그 붉은 알갱이가 뿜어져 나왔다.

'저 조각상이······?'

대정령과 뭔가 연결되어 있는 것인가 싶어 미간을 좁히다가 문득 이 교회의 구조에 이상한 부분이 있다는 사실을 깨달았다.

제단 앞의 통로 일부가 왠지 신경 쓰였다.

'혹시······.'

둥실둥실 떠올라 그쪽으로 이동했다. 의자를 만지려 했지만 손이 그대로 통과했다.

바닥에 발을 디디고 서려 했지만 어째선지 반발하며 공중으로 몸이 떠오르고 말았다. 고전하면서 천천히 바닥으로 손을 뻗었다.

이것은 뭘까? 생각하며 문득 신경 쓰인 곳으로 손을 뻗었다. 이번에도 그대로 통과했다.

'비밀 계단······?'

통로에 깔린 융단 아래에 계단이 감춰져 있는 모양이었다.

엘렌은 다시 꿀꺽 침을 삼켰다. 여기서 물러난다면 정보는 얻지 못하게 될지도 몰랐다.

조금 전부터 머릿속에서 서두르라며 경종이 울렸다. 이러고 있을 시간이 없다고 막연하게 이해하고 있는 자신이 있었다.

'가야만 해……! 갈 거야!!'

스스로를 격려한 뒤 있는 힘껏 뛰어들자 몸은 스륵 통로를 통과해 순식간에 어두운 곳으로 떨어져 내렸다.

'……윽!!'

새까만 시야에 비명을 지를 뻔했지만 겨우 삼키고 발아래의 계단을 보며 둥실 떠올라 이동했다.

새까맣다고 생각했는데 짙어지는 붉은 알갱이가 빛을 발하고 있는지 어슴푸레한 정도로는 주변이 보였다.

귀신의 집을 혼자서 나아가고 있는 느낌이었다. 두 번 다시 이런 경험은 하고 싶지 않다고 생각하면서 빨리빨리 하고 자신을 재촉했다.

붉은 알갱이는 마소 덩어리. 그것은 한 면에서 뿜어져 나왔다. 오래전, 가디엘에게 닿고 말았을 때 뇌리에 새겨졌던 그 광경이 스쳐지나갔다.

길게만 느껴졌던 계단을 내려가자 그곳에는 하나의 공간이 있었다. 조금 넓은 광장 같은 그곳 바닥에는 오싹한 느낌의 글자가 가득 적혀 있었고, 벽돌 틈새에서는 온통 붉은 알갱이가 흘러나오고 있었다.

붉은 알갱이를 헤치며 점점 앞으로 나아갔다. 그리고 눈앞에 펼쳐진 광경을 보고 엘렌은 얼어붙었다.

쇠사슬에 칭칭 감겨 벽에 매달린, 여기저기에 관이 꽂혀 피를 흘리며 축 늘어진 대정령의 모습이 있었다.

목에서 비명이 터져 나오려 했다. 하지만 그 소리는 소리가 되지 못했다.

이 모습은 그때 보았다. 왕가가 문을 열기 위해 정령을 매달았던 마법이라는 것을 겨우 깨달을 수 있었다.

서둘러 정령에게 다가갔다. 관을 뽑으려 하고, 쇠사슬을 풀려고 했지만, 전부 손이 그대로 통과해 절망했다.

'싫어! 안 돼 안 돼 안 돼!!'

주륵 눈물이 쏟아졌다. 눈앞의 광경이 기억 속 광경과 겹쳐져 목에서 비명이 멈추지 않았다. 축 늘어진 대정령은 남성의 모습을 하고 있었다. 호화로운 복장이었으나 뿜어져 나오는 피로 여기저기가 붉게 물들어 있었다.

키를 넘어설 만큼 자란 머리카락은 어머니와 같은 백은색. 바닥에 되는 대로 늘어뜨려져 있었다. 구해야 해, 구해야만 해, 엘렌은 초조해졌다. 눈물이 뚝뚝 떨어졌지만 손도 눈물도 바로 통과해버려 절망했다.

'어떻게 하면 몸으로 돌아갈 수 있는 거야?!'

애가 타서 눈물만 흘러나왔다. 그러자 그의 머리가 움찔 하고 움직였다.

천천히 움직여 고개를 든 그 얼굴은 창백했다. 천천히 떠지는 눈에 무심코 숨을 삼켰다. 오리진의 눈과 같은 붉은 눈동자였다.

오리진의 생김새와 조금 닮은, 아주 아름다운 남성이었다.

"……여신의, 기, 척……?"

작게 중얼거린 목소리에는 패기가 없었다. 어떻게 하면 구할 수 있느냐며 엘렌은 울었다.

"……여, 신……."

엘렌을 알아챘는지 대정령이 상황에 어울리지 않게 어리둥절한 얼굴을 하고서 엘렌을 보고 있었다.

"작은, 여신……?"

창백한 얼굴의 대정령은 보석 같은 눈동자에서 커다란 눈물방울을 뚝뚝 흘리는 엘렌을 보고 아름답다며 기쁜 듯이 웃음 지어 보였다.

3권입니다. 본인이 가장 놀라고 있습니다.

이 책과 동시에 스퀘어 에닉스에서 오호리 유타카 선생님의 그림으로 코미컬라이즈 1권을 내게 되었습니다.

하이퀄리티로 알려진 만큼, 정말로 하이퀄리티입니다!

엘렌들이 움직여……! 엘렌의 뻗친 머리카락도 움직이잖아?!

그리고 「상인가요?!」라고 말하고 싶어질 만큼의 무릎들. 괜찮은 겁니까? 무릎이 나와도? (만면에 미소)

코미컬라이즈 표지에서 눈치채셨으리라 생각합니다만 상당히 원작에 충실하게 그려주셨습니다.

일러스트레이터 님의 훌륭한 표현도 남김없이 하이퀄리티로 완성해주셨습니다. 담당 K님과 둘이서 「이, 이렇게나?!」 하고 감격했습니다.

부디 꼭, 읽어봐 주신다면 기쁘겠습니다!

'그리고 휙 뒤집어서 뒤표지를 보고, 키득 웃어주셨으면 합니다!'

그리고 이번에 후지미 L문고에서 2019년 6월 15일에 『신의 약초원 ~베인 상처의 약~』이라는 제목의 소설을 내게 되었습니다.

현대물인 고전풍 괴이 판타지입니다.

개성적인 족제비들이 시끌벅적합니다. 전달받은 표지 러프 그림의 훌륭함, 첨부된 족제비들의 귀여움에 「귀여워……!!」 하고 넘어갔습니다.

이쪽도 부디 잘 부탁드립니다!


이 『아빠는 영웅~』도 그렇습니다만 표어는 「귀여워」일지도 모르겠습니다.

3권 표지의 엘렌도 「엘렌한테 교복을 입히면 분명히 귀엽지 않을까……?」라는 중얼거림에서 태어났고, 그렇다면 모두에게 교복을 입혀버리자~! 하고 들뜨고 말았습니다.

어머니의 럭키 변태도 쓸 수 있어 대만족이었습니다. (웃는 얼굴)


전권에 이어 읽어주신 분들, 인터넷에서 응원해주시는 여러분.

언제나 신세를 지고 있는 담당 K님, M님, T님, 교정자분, 디자이너분.

매우 바쁜 중에 일러스트를 그려주신 keepout님.

스퀘어 에닉스사 담당 W님, 코미컬라이즈 만화 오호리 유타카 님.

정말로 언제나 감사드립니다!!

또 다음 작품에서 만날 수 있기를 빕니다. 고맙습니다!!

아빠는 영웅, 엄마는 정령, 딸인 나는 전생자. 3

초판 1쇄 발행 2021년 2월 10일

지은이_ Matsuura
일러스트_ keepout
옮긴이_ 이신

발행인_ 신현호
편집부장_ 윤영천
편집진행_ 김기준 · 김승신 · 원현선 · 권세라 · 유재슬
편집디자인_ 양우연
관리 · 영업_ 김민원 · 조인희

펴낸곳_ (주)디앤씨미디어
등록_ 2002년 4월 25일 제20-260호
주소_ 서울시 구로구 디지털로 26길 111 JnK디지털타워 503호
전화_ 02-333-2513(대표)
팩시밀리_ 02-333-2514
이메일_ lnovelpiya@naver.com
ㄴ노벨 공식 카페_ http://cafe.naver.com/lnovel11

CHICHI WA EIYU, HAHA WA SEIREI, MUSUME NO WATASHI WA TENSEISHA. Vol.3
ⓒMatsuura, keepout 2019
First published in Japan in 2019 by KADOKAWA CORPORATION, Tokyo.
Korean translation rights arranged with KADOKAWA CORPORATION, Tokyo.

ISBN 979-11-278-5848-3 04830
ISBN 979-11-278-5213-9 (세트)

**값 9,500원**